MALTE HERWIG

AUSTRIAN PSYCHO

JACK UNTERWEGER

Für Sigrid Löffler,
ohne deren Anregung
es dieses Buch nicht gäbe

MALTE HERWIG
AUSTRIAN PSYCHO
JACK UNTERWEGER
MOLDEN

„Amen, amen, ich sage euch:
Ich bin die Tür zu den Schafen.
Alle, die vor mir kamen, sind Diebe und Mörder,
aber die Schafe haben nicht auf sie gehört."

Evangelium des Johannes 10,7

„Jail poet of society
critics and swells suck up to me
successfully resocialised
but I'm a psycho and I lapse back
into crime."

Bloodsucking Zombies from Outer Space

INHALT

I. Fegefeuer

Als sie sich ausgezogen hatte, hat er sie wieder gefesselt, und zwar Hände auf den Rücken. Dann ist er ums Auto rumgegangen. Wir waren einen Moment alleine. Sie sagte zu mir, Bärbel, kannst du mir nicht helfen, was will der mit mir machen. Ich konnte gar nichts mehr sagen, ich habe nur mit den Schultern gezuckt. Ich wusste ja in dem Moment, was er machen wollte.

Zeugenaussage von Barbara S., 30. Januar 1975

Seine Augen werde ich nie vergessen, diese tiefbraunen, verletzlichen, hilfesuchenden, hoffnungsvollen Augen. Sie waren das A und O, das Erste und das Letzte, was ich von ihm gesehen habe. Er war ein Verführer. Weniger mit seinen Worten, obwohl wir ihm gerne zuhörten: War es nicht ein Wunder, dass einer wie der unsere Sprache lernen und einer von uns werden wollte? Aber als ich ihm das erste Mal auf einer Lesung gegenüberstand, da waren es seine Augen, die zu mir sprachen. Die Augen, heißt es, sind das Fenster zur Seele. Aber seine Augen waren keine Fenster, sondern Spiegel.

Mein Name tut nichts zur Sache. Es stimmt: Ich bin dabei gewesen, als diese schreckliche Geschichte sich ereignete. Aber das ist lange her, und ich habe nie das Bedürfnis verspürt, mich an die damaligen Ereignisse zu erinnern. Ich schreibe diesen Text im Auftrag und habe kein Interesse, mit dieser Angelegenheit noch einmal öffentlich in Verbindung gebracht zu werden.

Herwig will, dass ich meinen Bericht noch einmal überarbeite. Er will kurze Sätze, eine klare Haltung, keine Klischees.

Typische Zeitungssätze. Er traut mir nicht. Ich soll Distanz halten zu meinem Gegenstand. Schließlich dürfe man mit einem Mörder kein Mitgefühl haben. Ich verachte diese Journalisten, die immer so tun, als stünden sie über den Dingen. Warum hat Herwig dann ausgerechnet mich gebeten, diese Geschichte aufzuschreiben? Ich hätte diesen Auftrag nie annehmen sollen. Denn ich habe an den Schriftsteller Jack Unterweger geglaubt.

Zugegeben, er war Insasse einer Haftanstalt, als wir uns kennenlernten. Sogar einer von den Auserwählten, die lebenslänglich dort eingemauert bleiben sollten. Denn in Österreich lautete der Urteilsspruch damals in den Siebzigerjahren noch „Die Strafe endet mit dem Tode“. Allein dieser Satz machte klar, dass auch die lebenslängliche Strafe eine Art Todesstrafe ist, die jede zivilisierte Gesellschaft nur kategorisch ablehnen kann.

Ich hatte studiert und dann mit dem Schreiben von Zeitungsartikeln und Büchern mein Geld verdient und mit meinem Dasein glücklicherweise niemals irgendeiner Institution Anlass gegeben, mich in eine Haftanstalt zu schicken. Bis zum 30. September 1983.

Der Wiener Kunstverein organisierte eine Butterfahrt nach Krems an der Donau, und ich betrat zum ersten Mal die Justizanstalt Stein, die früher ein Frauenkloster war und heute das härteste Gefängnis Österreichs ist. Häftlingsrevolten, Ausbrüche, Geiselnahmen, alles schon passiert in Stein. Aber noch nie gab es eine Veranstaltung wie an diesem Tag. Und das hatten wir Jack zu verdanken.

An diesem 30. September 1983, Namenstag des Heiligen Hieronymus, an diesem Tag also durfte zum ersten Mal in der österreichischen Justizgeschichte ein Lebenslänglicher vor auswärtigem Publikum aus seinen Büchern lesen.

Ich muss gestehen, dass ich weder gläubig noch abergläubisch bin, sondern mich schon im Studium den Idealen der Aufklärung und des Rationalismus verschrieben habe. Meine Schutzpatrone sind der heilige Immanuel und der heilige Michel. „Cunt und Fuck-Oh", wie Herwig spottet, „Verstand und Wahnsinn".

Ich erwähne den Namenstag jedenfalls nur, weil die katholische Kirche den heiligen Hieronymus auch als Schutzpatron der Gelehrten und Gelehrigen verehrt, und was war Jack, wenn nicht ein gelehriger Schüler? Als er 1976 wegen Mordes verurteilt wurde und „in den Häfen einfuhr", wie das Gefängnis auf gut österreichisch bezeichnet wird, konnte er kaum lesen und schreiben. Neun Jahre später ist er Schriftsteller, und wüsste ich nicht, wie hart und mühsam er sich das alles selbst erarbeitet hat, dann müsste ich es für ein Wunder halten.

Es war nicht einfach gewesen, die Genehmigung der Justizbehörden für diese Aktion zu bekommen. Seit ich 1981 das erste Mal in der Grazer Literaturzeitschrift „manuskripte" etwas von Jack gelesen hatte, wusste ich, dass seine Werke an die Öffentlichkeit gehören. Also haben wir Solidaritätsveranstaltungen und Lesungen für Jack organisiert, Gesuche und Eingaben geschrieben und im Dezember 1982 sogar eine Petition an den Bundespräsidenten der Republik Österreich und den Bundesminister für Justiz verfasst:

Der in der Justizvollzugsanstalt Stein inhaftierte Schriftsteller Jack Unterweger versteht es in geradezu exemplarischer Weise, ohne Polemik und Schuldzuschreibungen seinen Lebenslauf und die Entwicklungsgeschichte seiner Straftaten darzustellen. Es ist daher das dringende Anliegen einer nicht nur literarisch interessierten Öffentlichkeit, diesen außerordentlichen Autor auch persönlich seine Entwicklung darlegen zu hören, um auf seine für unsere Gesellschaft bedeutsame literarische Arbeit in angemessener Weise reagieren zu können.

Ja, auch ich habe unterschrieben, und ich war in guter Gesellschaft mit Schriftstellerkolleginnen und -kollegen wie Erich Fried, Ernst Jandl, Elfriede Jelinek und Gert Jonke! Anfangs hatten wir wenig Erfolg. Der geschätzte Herr Bundespräsident und sein geschätzter Minister waren entschieden dagegen, einen dichtenden Häftling auf irgendeiner Bühne in Wien oder Graz auftreten zu lassen, und begründeten das mit der in solchen Fällen üblichen bürokratischen Floskel „Beispielsfolgen". Dabei war Jack für sie ein Häftling, an dem sich nicht nur seine Häfenbrüder ein Beispiel nehmen konnten – sondern wir alle.

Im Frühjahr 1983 veröffentlichte Jack nach acht Jahren Haft seinen autobiografischen Roman „Fegefeuer oder die Reise ins Zuchthaus", in dem er die Geschichte seiner Kindheit und Jugend erzählte. Der Vater unbekannt, die Mutter eine Prostituierte, der Großvater ein Dieb und Betrüger. Ein ungeliebtes, einsames, geprügeltes Kind. Erzählte Hoffnungslosigkeit, Endstation Zuchthaus.

Die Kritik war begeistert von Jacks Buch und von der „unkalkulierten Dringlichkeit, mit der sich da einer an sein Leben heranschreibt". Und wir hatten mit unseren Aktionen genug öffentlichen Druck auf die Anstaltsleitung ausgeübt, um sie zu Verhandlungen zu bewegen. Der Gefängnisdirektor Hofrat Schreiner ließ sich erweichen und gestattete Jack eine Lesung in der Justizanstalt. Also sind wir im September 1983 zu ihm gereist in den Knast. Elfriede Jelinek und die Wiener Kulturszene sind gekommen, dazu Abgesandte der Grazer Literaturszene und natürlich Alfred Kolleritsch, der Unterweger in seiner Literaturzeitschrift „manuskripte" entdeckt und bekannt gemacht hat. Wir waren in guter Gesellschaft. Eine Delegation hoher Ministerialbeamter aus der Hauptstadt und Dutzende Journalisten waren angereist, einige sogar aus dem Ausland. Selbst der Abt des benachbarten Benediktinerstifts Göttweig war von seinem Kloster herabgestiegen und in die Haftanstalt gepilgert.

Brav hatten wir unsere Ausweispapiere vorgezeigt, uns auf versteckte Waffen abtasten und durch die vergitterten Eisengänge des sternförmigen Gefängnisbaus führen lassen, bis wir schließlich in den ehemaligen Gebetsraum der Nonnen vorgelassen wurden, der nun als Kultursaal diente.

Wir alle kamen, um uns selbst ein Bild zu machen von diesem außergewöhnlichen Gefangenen. Und weil es kein teilnahmsloses Beobachten gibt und keine Show ohne Publikum, wurde aus einem schreibenden Häftling an diesem Tag durch unsere Aufmerksamkeit ein inhaftierter Schriftsteller.

Nachdem alle Platz genommen hatten, wurde Jack von zwei Beamten hereingeführt. Er setzte sich an einen kleinen Tisch auf der Bühne. Der Hofrat, der dem Gefängnis vorstand, begrüßte artig seine Vorgesetzten aus dem Wiener Ministerium, schwärmte vom modernen „Behandlungsvollzug" in seiner Anstalt und verkündete, dass hier und heute ein Licht des Strafvollzugs entzündet werde.

Je länger ich diesem jovialen Mann zuhörte, desto mehr kam es mir vor, als sei der Gefängnisdirektor selbst ein Freund der schönen Literatur und eine Art Mentor für Jack.

Der Hofrat war Herr über mehr als 300 Mitarbeiter und fast 1000 Häftlinge: Diebe, Räuber, Mörder, Totschläger, Drogenhändler und Betrüger. Die Haftanstalt ist eine Schule des Hasses, in die kaputte Menschen gespült werden, die einander noch kaputter machen. Es scheint unmöglich, diese Kette aus Armut, Gewalt und Kriminalität zu durchbrechen. Die Wärter haben es auch nicht besser: Sie werden mit eingesperrt, auch sie haben lebenslang.

Es ist eine düstere Welt im Abseits, aus der wenig nach draußen dringt. 1982 hatte ein ehemaliger Sozialarbeiter der Justizanstalt Stein einen Band mit Texten von Gefangenen veröffentlicht. „Das Ende der Strafanstalt" lautete der optimistische Titel, aber er passte gut in diese Zeit des Aufbruchs und der Reformen im Strafvollzug.

In diesem Band ist ein Text abgedruckt von einem gewissen „Jack U., 29 Jahre, verurteilt zu lebenslanger Haftstrafe", der nicht ohne Mitgefühl über die Wärter schreibt:

Dann denke ich an den, der im Wachturm oben sitzt oder steht und mit sich selbst streitet. Allein. Unter sich die Herde, vor ihm das bereitgestellte Sturmgewehr der Bundespolizei. Er selbst abgerichtet zum Töten aus Sicherheitsgründen. Glückloses Töten. Meine Gedanken beginnen zu hassen. Ich werde müde. In mir die stumme Resignation. Das Hoffnungslose am Menschsein.

Der Hofrat, der den ganzen Laden schließlich zusammenhalten musste, gab die Hoffnung nicht auf: „Wenn sich auf diesem harten Pflaster kleine und zarte Pflanzen entwickeln, statt brutal niedergetreten und niedergewalzt zu werden, wenn also an einem Ort wie diesem Kunst entstehen kann – das ist doch schon was!" Er bedankte sich höflich bei Jack und fügte zur allgemeinen Belustigung hinzu: „Wir sind alle seine Angestellten, er ist der Chef."

Und dann trat Jack auf – so sanft, so einfühlsam. Das Gefängnis sei ein Raubtiergehege, erklärte er dem Publikum, und sie seien die Zoobesucher. Er erwähnte die vergitterten Eisengänge und die davon abgehenden Zellentüren, hinter denen das Leben auf sieben mal vier Schritten erstickte, und begann vorzulesen:

Ich warte auf mein Frühstück. Schlüssel rasseln, klirren gegen meine Eisentür, das kleine Loch in der Mitte wird aufgestoßen, die

Fressluke ist freigegeben. Draußen ein Bauch, dann ein zweiter, jeder zeigt ein wenig vom Oberkörper, mehr vom Unterleib, einer ist uniformiert, der andere wie ich in grauer Drillichmontur. Ich sehe kein Gesicht, höre kein „Guten Morgen", ich bleibe stumm. Dafür schmerzt mich der Gedanke, dass ich ein Mensch sein könnte. Der schwarze Kaffee ist ungesüßt. Ich leere ihn fort. Das Frühstück ist zu Ende. Die Fressluke wird von einem anderen uniformierten Bauch zugeschlagen.

Wie ergreifend waren diese kurzen, rhythmischen Sätze, mit denen sich dieser Häftling seiner Entmenschlichung entgegenstemmte! Die Tiere im Zoo haben keine Sprache, mit der sie sich wehren können. Auch Jack war stumm und ohnmächtig, als sie ihn eingesperrt hatten, und wäre er einer wie alle, dann wäre es wohl dabei geblieben. Aber er hat das Wort ergriffen, hat sich der Sprache bemächtigt und sich seiner Vergangenheit gestellt. „Da drinnen sind jene Punkte", erklärte Jack, „die mich belastet haben, von familiären Angelegenheiten bis zu den sexuellen Bereichen hin bis zu den juristischen Ungerechtigkeiten."

Herwig hat mir Akten aus der Justizanstalt Stein gegeben, um mir die Arbeit an meinem Bericht zu erleichtern. „Das Gedächtnis lügt gern", hat er gesagt. Ich vermute, er spricht aus eigener Erfahrung, denn mein Gedächtnis belügt mich nicht. Ich ruhe in mir und weiß, was ich erlebt und getan habe. Aber Herwig scheint einfach sein Ding durchzuziehen. Für ihn ist die Welt ein riesiges Experiment, eine Versuchsanordnung, die er beobachten und beschreiben kann. Ab und zu gibt er Futter oder ein Spielzeug in den Rattenkäfig, um zu sehen, wie wir uns verhalten. Er hat mir eine Akte auf den Tisch gelegt: Eine sechsseitige Besucherliste der Lesung vom 30. September 1983, auf der gut hundert Namen aufgeführt sind, und ein zweiseitiges Schreibmaschinenskript der Rede, die Jack an jenem Tag vor uns gehalten hat.

Darin sprach Jack von Schuld und Schönheit und von der Zukunft:

Der Schatten in dieser Schönheit des heutigen Tages, dieser gemeinsamen Stunde, liegt in meiner Vergangenheit, an die ich denken muss, die es gab, die mich hierherbrachte und die hinter all dieser Freude Bestand hat. Denn ganz klar gesagt, ohne diese Vergangenheit wäre ich nicht hierhergekommen, ohne meine Schuld wäre es nie zu dieser Strafzeit gekommen und ohne diese Kerkerzeit wäre ich nie zu meinen heutigen Gedanken, Einsichten, Ansichten gekommen, und die wiederum waren es, die mich zum Schreiber gemacht haben.

Auch wenn ich mich nicht mehr an jedes Wort erinnern kann, habe ich doch nie vergessen, wie sehr mich Jacks Rede bewegt hat. Es war still, so still im Raubtiergehege, während er über die Berufung des Schreibens und die Bedeutung der Schuld sprach. Und auch Jack schien ergriffen von seinen eigenen, wohlgesetzten Worten. Er stockte, seine Stimme geriet ins Schwanken, dann fuhr er fort:

Deshalb möchte ich heute, hier an dieser Stelle, nicht nur sagen, ich bin schuldig, sondern ausführen, für mich ist Schuld heute mehr als ein juristisches Eingeständnis eines Angeklagten, es ist für mich ein Begriff, eine Last, aber auch eine Begleitung in dieser Zeit, in der Zukunft, mit der ich leben muss, die mich oft zu ersticken droht, aber mit der ich auch gemeinsam arbeite, damit die Schuld aus dem Wort zur inneren Bedeutung gelangt.

Zugegeben, bei genauer Betrachtung scheint mir heute nicht ganz klar, was er damit eigentlich meint, dass die Schuld aus dem Wort zur inneren Bedeutung gelangen soll. Er sprach und schrieb oft über Schuld, aber nie über seine Tat. Trotzdem klangen seine Worte an jenem Tag und jenem Ort in meinen Ohren wie ein existenzielles Bekenntnis, und dafür habe ich ihn bewundert und auch ein wenig beneidet.

Ich weiß schon, was Herwig denken wird, wenn er das liest. Er ist ein Zyniker und glaubt nicht an das Gute im Menschen. Jede Zeile ist ihm suspekt, jedes Wort ein Verdachtsfall. Gefühle wie Andacht und Bewunderung kennt er nicht. Und er kann nicht verstehen, dass man als freier Autor einen gefangenen Kollegen beneiden kann.

Schreiben ist mein Beruf. Nur Laien glauben, dass die Tätigkeit eines Schriftstellers etwas mit Inspiration zu tun hat. „Jaja, zehn Prozent Inspiration, neunzig Prozent Transpiration", sagt Herwig, und auch diesen Kalenderspruch hat er sicherlich bei irgendeinem anderen Autor abgerissen. Jedenfalls ist das Schreiben eine einsame und anstrengende Tätigkeit, die überhaupt keinen Anlass zur Verklärung bietet.

Täglich muss man sieben oder acht Stunden am Schreibtisch sitzen, den Ablenkungen des Alltags widerstehen und der Versuchung, aufzustehen und nachzusehen, was im Kühlschrank liegt oder in der Inbox gelandet ist. Herwig hilft mir. Er bringt mir Kaffee und Zigaretten vorbei und hat den Kühlschrank aufgefüllt. Im Badezimmerschrank liegen ein paar Schachteln Captagon, Olidon und Mandrax, für alle Fälle. Ich bräuchte die Wohnung nicht zu verlassen und könne mich ganz auf das Schreiben konzentrieren. Fast komme ich mir wie ein Gefangener vor. Im Gefängnis gibt es keine Versuchung, weil es dort keine Freiheit gibt. Vier mal sechs Meter konzentrieren den Geist. Die Vorschriften sind geregelt, der Alltag ist immer gleich. Wie das Motto, das Jack seinem Roman vorangestellt hat:

jeder tag jeder
pausenloses
wiederholen

Wenn ein Jandl so was schreibt, ist es halt ein lustiges Sprachspiel. Aber Jack spielte nicht. Er war, was er schrieb. Jack lebte Zweigs „Schachnovelle", Kafkas „Prozess", Dostojewskijs „Verbrechen und Strafe". „Meine Freizeit ist Schreibzeit, täglich von 17.30 bis 23.00! Eisern. Und wenn ich's am nächsten Tag wieder in den Papierkorb leere." Das Schreiben war für ihn keine Therapie, sondern Selbstzucht. Anders als wir hatte Jack keine Wahl. Er musste schreiben, um zu überleben, und „Fegefeuer" war kein Buch, sondern ein Befreiungsschrei, das hatte er selbst im Radio so gesagt. Für ihn gab es keine Kompromisse. Worte waren für ihn die einzige Brücke zur Außenwelt, und weil er diesen Weg auch anderen öffnen wollte, gab er im Gefängnis eine Zeitschrift mit dem Titel „Wort-Brücke" heraus.

Sieben Jahre Haft in Stein schienen ihn tatsächlich geläutert und gereinigt zu haben. Natürlich, das betonte er immer wieder selbst, konnte nichts auf der Welt seine Untaten ungeschehen machen. Schon gar nicht jene, die „den reinen materiellen Wert überstiegen", wie Jack es etwas bürokratisch formulierte, ohne genauer auf jene Verbrechen einzugehen.

Natürlich war allen bewusst, dass er einen Mord meinte. Eine junge Frau war zu Tode gekommen, und er war schuld. Jack zeigte uns während der Lesung ein Foto aus dem Jahr 1976. Sein damaliges Ich, eingekeilt zwischen Justizwachebeamten auf der Anklagebank: lange dunkle Haare, eingefallenes Gesicht, leerer Blick. Vermutlich war die absurd gemusterte Siebzigerjahrekrawatte daran schuld, dass der stumme junge Mann wie ein Fremder aus einer anderen Zeit wirkte, der mit dem wortgewandten Dichter auf der Bühne im Kultursaal der Justizanstalt Stein nichts mehr zu tun hatte.

Sein erster Lyrikband „Tobendes Ich" war eine Trotzreaktion gegenüber der Behörde gewesen. Gedichte als

Angriffstexte, Klage, Hilfeschrei. „Das sind keine Texte, bei denen der Gedanke vorhanden war: Durch diese Texte will ich ein neuer Mensch werden. Das war noch weit entfernt."

Dann las, nein, rezitierte er in rhythmischem Stakkato seinen Lebenslauf als Gedicht:

(...)
mit zehn die Mutter gefunden
drei Monate schweben auf Glückswolken
unsagbares Zufriedensein

schmerzvoll der Sturz
nach ihrem spurlosen
Verschwinden

die lange Suche nach ihr
geflüchtet aus allen Pflegeplätzen
Einweisung ins Heim

Haßliebe als aufgehende Saat
loderndes Feuer in mir
das Mutterbild im Herzen

haltlos durch das Leben hetzend
Hunger ohne festen Wohnsitz
als Vagabund die ersten Diebstähle

noch immer auf Mutters Spuren
jedesmal um Tage zu spät
Knast, Freiheit, Knast

...

der Traum vom Leben
eine Zukunft suchend
nach dieser Kerkerzeit

Das war keine bloße Häfenpoesie, das hatte den gleichen Sound und Drive und Punch wie ein Wolf Wondratschek, ein Charles Bukowski; aber anders als die meisten Barden der Beat Generation war Jack nicht nur zu Gast in der Gosse gewesen, sondern dort geboren und hatte sich erst im Häfen am eigenen Schopf herausgezogen. Jack war keiner von den schweren Jungs, die sich mit Machogehabe breitmachen müssen, nein: Jack hatte die Kraft, Gefühle zu zeigen. In einem alten Exemplar der „Wort-Brücke" habe ich Jacks Gedicht „Knastbrüder" wiedergefunden, das er uns damals ebenfalls vorgetragen hat:

Knastbrüder sind wie Blätter
im ewigen Herbst
knapp vor dem Fall
flattern im Wind
vom Herbststurm getragen
kein Widerstand mehr

Ich hätte Herwig dieses Gedicht lieber nicht zeigen sollen. Er las es ganz anders als ich und machte ein paar abfällige Bemerkungen über „Kackmetaphern", die dabei herauskämen, wenn man Rilke und Bukowski kreuzen würde. Ich machte mir erst gar nicht die Mühe, mit ihm zu streiten, denn solche Fäkalausdrücke zeigen ja nur, wie sehr ihm das Feingefühl für Lyrik abgeht.

Warum soll ich so tun, als hätten mich Jacks Worte nicht im Innersten berührt, damals in der Justizanstalt, als ich ihn das erste Mal persönlich erlebte? Am Ende sagte er etwas, das wie eine Art Schwur klang, der die Verbindung zwischen ihm und uns über alle Mauern hinweg besiegeln sollte. Noch heute bekomme ich Gänsehaut, wenn ich seine Worte in den Unterlagen wieder lese:

Ich kann Ihnen aus ganzem Herzen versichern, diesen Jack Unterweger, den Sie hier am Foto sehen, wird es nie mehr geben, eher einen toten. Dafür ist mir Ihr Besuch, diese Ehre, eine Verpflichtung für die Zukunft, mich noch mehr als bisher anzustrengen, mit Worten am Papier, aber noch mehr in der persönlichen Vertiefung von heute gewonnenen Erfahrungen, und ich verspreche Ihnen, Sie noch öfter mit Arbeiten von mir zu überraschen.

Er war so bescheiden. Jack erklärte, er traue sich fast gar nicht, das, was er da in seiner Freizeit mache, als Literatur zu bezeichnen. „Mein Schreiben", ja, das klinge besser. Er sehe sich weniger als Schriftsteller, mehr als Freizeitschreiber.

Herwig hat zu diesem Absatz mit roter Tinte „What the fuck?!" an den Rand geschrieben und mir eine Kopie dazugelegt – die Titelseite des Manuskripts von „Fegefeuer", darauf ein Stempel: „Jack Unterweger. Schriftsteller. Steiner Landstraße 4 A-3500 Krems."

Ich weiß nicht, warum dieser Stempel so wichtig sein soll. Herwig tut gerade so, als hätte er Jack bei einem Fall von Urkundenfälschung erwischt. Dabei weiß er genauso gut wie ich, dass Schriftsteller keine gesetzlich geschützte Berufsbezeichnung ist und jeder, wirklich jeder, sie tragen kann. Das möge schon sein, hat Herwig auf diesen meinen Einwand geantwortet. „Aber nicht jeder kann schreiben."

Ich muss einen Moment gezögert haben, weil ich nicht sicher war, ob das eine Anspielung auf Jack oder auf mich sein sollte. Jedenfalls bemerkte Herwig meine kurze Unsicherheit sofort und nutzte die Chance, um sie mit einem zweideutigen Lob nur zu erhöhen. „Sie sind doch ein kluger Leser", sagte er. „Lesen Sie doch mal die Korrespondenz, die Unterweger mit seinen Verlegern geführt hat. Sie kennen den Literaturbetrieb wie kein Zweiter", fuhr er mit einem angedeuteten

Lächeln fort. „Sie wissen, mit welchen Strategien man Erfolg hat." Spätestens ab da war ich mir sicher, dass er mich bewusst demoralisieren wollte. Aber warum? Er braucht mich doch noch.

Ich kenne meine Grenzen. Ich bin kein Handke oder Thomas Bernhard und auch keine Jelinek. Aber ich habe keinen Grund, mich einem deutschen Journalisten gegenüber unterlegen zu fühlen. Meine Bücher werden von der Kritik anerkannt. Ich habe eine treue, ausgewählte Leserschaft, und ab und zu war mir ein Achtungserfolg vergönnt, der auch im Ausland Anerkennung fand. Ich sitze in den Jurys der wichtigsten Literaturpreise und schreibe regelmäßig in den Feuilletons der größten Zeitungen Österreichs.

Bei dieser Formulierung lächelte Herwig wieder. „Größe" und „Österreich" in einem Atemzug? Ob das nicht ein Widerspruch in sich sei? Er provoziert mich absichtlich, denn er weiß, wie sehr ich dieses selbstherrliche deutsche Kulturnazitum hasse, mit dem er und seine Landsleute alles niederwalzen und kaputt machen, was nicht in die Betriebsnorm ihrer Mittelstandsliteratur passt.

Ich weiß, warum er mich auf Jacks Korrespondenz ansetzt. Er will mich zum Komplizen seiner eigenen Paranoia machen. Es geht ihm gar nicht um Unterweger. Ich soll Jack nur deshalb auf die Schliche kommen, damit ich mich am Ende selbst überführe.

Als Herwig mich das nächste Mal in meiner Wohnung aufsucht, bringt er einen Umschlag mit der Aufschrift „Häfn-Photos" mit. Die Bilder zeigen Jack in seiner Zelle. Hinter ihm an der Wand Poster mit nackten Frauen und Sportwagen. Er trägt Goldkette, Goldring, Golduhr und betrachtet zufrieden sein Geschlecht, das aus dem engen

Slip quillt. Die Brust, der Bauch, die Oberarme sind übersät mit Tattoos, und das in einer Zeit, als Tattoos noch nicht cool waren. Auf einem anderen Foto sitzt er in Unterwäsche auf seinem Bett und blättert in einem Fotoalbum mit Nacktbildern, die ihm Frauen zugeschickt haben.

Worte waren ihm unbekannt. Das Hirn war Faust, sein Fäkalienwortschatz aktuell verständlich. Rülpsen, Grunzen, Scheiß drauf.

Das ist die Ausdrucksweise eines Jack.

Der andere sieht aus wie ein Verwaltungsbeamter: Lesebrille, kariertes Hemd, dunkle Hose. Dieser Jack sitzt konzentriert am Schreibtisch. Darauf ein Computer, Floppy-Disketten, ein Nadeldrucker. An der Wand hängt eine farbig markierte Manuskriptseite. Daneben ein Regal: Lexika, Wörterbücher, Aktenordner und, natürlich, „Kürschners Deutscher Literatur-Kalender", das Who's Who des Literaturbetriebs. Jack Unterweger hat seine Zelle in eine Schreibwerkstatt verwandelt, in der aus ihm Sätze wie diese herausdrängen:

Irgendwann einmal, von heute auf ein morgen, habe er begonnen, aus Büchern Worte zu lesen, sie zu verstehen. Bei seinen Fragen habe er sie verwendet. Hirn war jetzt im Kopf. Das habe ihn ermuntert, hochgehoben aus der Nacht, stark gemacht.

Als diese Fotos entstanden, war er bereits einer von uns geworden, ein Schriftsteller und sogar *Herausgeber* einer eigenen Literaturzeitschrift. Auf seinem Schreibtisch liegt eine rote Schachtel, auf der FEGEFEUER steht. Darin hütet er das Manuskript, den Schlüsselroman, der ihm die Gefängnistore öffnen wird. Er muss nur Geduld haben. Jeden Tag feilen an den Worten, bis er sich freigeschrieben hat.

Es ist ein Irrtum zu glauben, dass ein Gefängnis von den Bewachern geführt wird. Am Ende führen jene Regie, die hier einsitzen. Sie organisieren in der Justizanstalt Stein eine illegale Glücksspielzentrale, betreiben Schnapsbrennereien auf den Zellen und sorgen nach eigenen Gesetzen für Belohnung und Strafe. Es gibt eine klare Hackordnung unter den Insassen, und wer sich nicht einfügt, muss mit Konsequenzen rechnen. Dann kommt es zu „Betriebsunfällen" in der Gefängnisschlosserei. Wo stand Jack in der Hackordnung?

„Er war ein Nichts, ein Niemand unter den Gefangenen." Das hat nicht Herwig gesagt, obwohl er sicher der gleichen Meinung ist. Sondern ein gewisser Karl Rottenschlager, den Herwig interviewt hat. Ein ehemaliger Gefängnismitarbeiter. Herwig hat bei seinen Recherchen eine ganze Reihe von Menschen aufgetrieben, die in den Siebziger- und Achtzigerjahren mit dem Häftling Jack Unterweger persönlich zu tun hatten: den Deutschlehrer, den Leiter des Strafvollzugs, den Sozialarbeiter. Vielleicht war der eine oder andere damals auch bei der Lesung von Jack, die wir organisiert hatten? Falls ja, sind sie mir nicht weiter aufgefallen, und mit Gefängnispersonal habe ich ohnehin nicht viel gemein. Herwig dagegen ist es egal, ob er mit einem Wachoffizier oder einem Literaturprofessor spricht, er behandelt sie alle gleich. „Er war bei den Gefangenen überhaupt nicht beliebt eben aufgrund seiner herausragenden Funktion und Position, die er eingenommen hat", erzählte ihm der ehemalige Oberst Willibald Zach, der als Stellvertreter des Direktors von Stein damals für den Strafvollzug zuständig war. „Da hat man einen Kinderschänder noch eher akzeptiert."

Die Zeit, die damals noch vor Jack lag, war lang, lebenslang. Weniger als zehn Prozent der Häftlinge in Stein hatten damals eine lebenslange Haftstrafe. Die meisten saßen wegen

Diebstahls, Betrugs und Drogendelikten und hatten bis zu zwanzig Jahre bekommen. Viele von ihnen waren Wiederholungstäter und Kleinkriminelle. Aber die „Lebenslangen“ waren eine besondere Sorte Insassen.

In der Praxis heißt „lebenslang“, dass ein Häftling nach frühesten 15 Jahren auf Bewährung freikommt. Das passiert so gut wie nie. Der Durchschnitt für eine „bedingte Entlassung“, wie das in Österreich heißt, liegt derzeit bei etwa 19 Jahren. Wer lebenslang sitzt, weiß also nicht, wann er wieder rauskommt.

Ich habe mich oft gefragt, was das mit Menschen wie Jack macht, die verwahrt und bestraft werden für eine Tat, die sie nicht ungeschehen machen können. Ein alter Jahresbericht der Strafvollzugsanstalt Stein von 1985 gibt penibel Auskunft über Leben und Tod im Gefängnis. Damals saßen 873 Häftlinge ein. Es gab 59 Hungerstreiks innerhalb eines Jahres. Der längste dauerte 41 Tage. Auch Selbstverletzungen, also Suizidversuche, werden angeführt, das waren immerhin 42. Und dann vermerkt der Bericht noch in trockener Beamtensprache die Zahl der vollendeten Suizide: drei. Genau wie im Jahr zuvor.

Ausgeliefert.
Heute hat sich in der Zelle
(schon wieder einer) das Leben
genommen, hat
(schon wieder einer) den Strick
der Unfreiheit vorgezogen.

Das ist Lyrik aus der Feder des *Lebenslangen* Jack Unterweger, gelesen von ihm selbst und gesendet im August 1983 im Literaturmagazin des ORF-Radio Steiermark. In seinen prosaischen Versen wird die Statistik zum Schicksal, anrührend unterlegt mit trauriger Gitarrenmusik.

Schon am Anfang seines Romans „Fegefeuer oder die Reise ins Zuchthaus“ beschwört der Erzähler seine Bereitschaft, sich jederzeit umzubringen: „Eine neue Packung Rasierklingen liegt bereit. Auch eine lange, starke Lederschnur. Ich habe vorgesorgt für die Minute der letzten Entscheidung. Ich sehe meinen Körper schlaff werden, mit einem letzten Zucken diesem einsamen Vegetationsleben entfliehen.“ Auf der letzten Seite kehrt er in seine Zelle zurück, „siegessicher“, denn die Wärter haben die Rasierklinge unter seiner Zunge nicht gefunden.

Auch Jack dachte nach seiner Verhaftung 1975 an Suizid. Das jedenfalls behauptete er gegenüber Sonja von Eisenstein. Mit der Autorin und Journalistin kam er während seiner Untersuchungshaft in Salzburg in Kontakt, sie war es, die ihn zum Schreiben drängte. Der Suizidversuch wird zu einem der Leitmotive seiner Literatur, ein effektvoll eingesetztes Stilmittel. Auch das lyrische Ich ist lebensmüde in Jacks Gedichten. Am meisten berührt Eisenstein das „Liebesgedicht an den Tod“, das Jack ihr schickt. Die Todessehnsucht des verzweifelten Häftlings geht ihr unter die Haut.

Noch erscheinst du fremd und fern,
und bist lebendig, Tod.
Stehest als ein kühler Stern
über meiner Not.
Aber einmal wirst du nah
und voll Flammen sein.
Komm, Geliebter, ich bin da,
nimm mich, ich bin dein.

Der Tod als Erlösung. Es klingt vielleicht etwas altmodisch und kitschig. Aber dass ein Mörder so etwas schreibt, dass ein Mann, dem man eigentlich nur die brutalsten Gefühle zutrauen würde, jetzt mit seinen Gefühlen ringt und sie gestaltet: So etwas kann wohl nur Literatur. Aus einem Mörder wieder einen Menschen machen.

Es gab nur ein Problem: Das Gedicht stammt gar nicht von Jack. Es heißt eigentlich „Bruder Tod“ und ist von Hermann Hesse. Jack hatte es abgeschrieben. Er änderte nur den Titel und ein paar Wörter in der zweiten Strophe.

Er ist ein Lebenslanger und ein Betrüger. Aber das scheint uns damals nicht sonderlich gekümmert zu haben. Offensichtlich hatte nicht einmal Sonja von Eisenstein eine Ahnung, dass ihr Zauberlehrling kein Schriftsteller wird, sondern ein Abschreiber bleibt. Für sie war das Gedicht Ausdruck seiner Kunst. Für Jack seien die Gedichte bloß ein Mittel zum Zweck gewesen, sagt Herwig: „Manipulation, Verführungskunst, BULLSHIT!“

Gestern war er wieder hier. Er zeigte sich erfreut über den Fortschritt meiner Arbeit, aber die Zeit laufe uns davon. Es gebe noch viel Material, das ich nicht kenne. Nicht nur Akten, sondern auch ein Koffer voller Musikkassetten mit Aufnahmen von Jacks Lesungen und Radiointerviews. Herwig hatte einen kleinen Kassettenrekorder mitgebracht und auf Play gedrückt. Gemeinsam lauschten wir der hellen, aber festen Stimme von Jack, der 1981 auf einer Adventsfeier in der Gefängniskirche ein Gedicht rezitiert:

Mein Gepäck ist die Hoffnung. Ich hab's tief im Herzen drin. Und sie schenkt mir neue Kräfte, wenn ich einmal müde bin. Welche Maske ich auch trage, es ist alles nur ein Spiel auf der großen Weltenbühne. Für ein fernes, nahes Ziel, denn die Rollen, die ich spiele, haben immer einen Sinn.

Mit einem Klick stoppte Herwig die Aufnahme und sah mich herausfordernd an: der weihnachtliche Gefühlskitsch? Geschenkt. Aber die Sache mit der Maske und den nützlichen Rollen sei ja wohl entlarvend. „Es ist alles nur ein Spiel! Der Mörder mit dem Unschuldsgesicht und der Streberattitüde hat immer einen Plan."

Herwig hat ja recht: Geschichten hat Jack schon immer erzählt, schon als kleiner Junge. Im Alter von zwölf Jahren kam er das erste Mal in ein Kinderheim, mit 16 wurde er nach einem Diebstahl in die Erziehungsanstalt Kaiserebersdorf in Wien eingewiesen. Das Jugendgefängnis war für seine grausamen Erziehungsmethoden berüchtigt. Als Heimkind musst du lernen, wie du in so einem System überleben kannst. Du musst Geschichten erfinden und so dramatisch wie möglich erzählen, damit dir überhaupt mal jemand zuhört und sich für dich interessiert.

Als Jack dann als Häftling in Stein eintraf, hatte er nicht einmal den Hauptschulabschluss. Erst Sonja von Eisenstein animierte ihn dazu, sich mit Literatur zu beschäftigen. Die Frau mit dem klingenden Namen, von dem er nicht einmal wusste, ob es ein Künstlername war, stammte aus einer Musikerfamilie. Schon im Alter von neun Jahren hatte sie als Kindersprecherin beim Schul- und Werbefunk in Wien begonnen. Die vielseitige Künstlerin arbeitete als Schauspielerin, Schlagersängerin, Autorin von Fortsetzungsromanen, Werbetexterin, Karikaturistin und Journalistin und erlernte an der Urania in Wien die Kunst des Puppenspiels. Aber ihre eigentliche Bestimmung entdeckte sie, als sie Jack zum ersten Mal 1975 begegnet war: eine ramponierte Puppe aus Fleisch und Blut, die so lange getobt hatte, bis man sie unter Buhrufen von der Bühne geworfen und in den hintersten Winkel des Theaterfundus verbannt hatte. Dort lag sie nun, die Glieder verdreht, verknäult in den eigenen Fäden und stumm vor Hass.

Sonja fasste Mitleid mit dem Mörder. Sie sah keinen Hass, sondern Hoffnung hinter unschuldigen Augen. Ein leeres Blatt, eine unsichtbare Geschichte, die Jack mit ihrer Hilfe erzählen würde. Sie war der erste Mensch in seinem Leben, der an ihn glaubte. Er spürte, dass sie ihn ebenso brauchte wie er sie. Und er begriff, welche Rolle er fortan zu spielen hatte. Er schrieb ihr gefühlvolle Briefe, in denen er von seinen Suizidversuchen berichtete. Erzählte ihr von seinem verpfuschten Leben und einem mit Drogen durchsetzten zweiten Ich, das ihn zu Handlungen gezwungen habe, die er nicht wollte.

Das ist der eine Jack, aber Sonja sah den anderen, den verhinderten Künstler. Sie hat einen Traum, schreibt sie ihm, dass er Schriftsteller wird. Du hast das Talent dazu. Er glaubt anfangs nicht an sich, warum sollte er auch? Heimkind, Schule abgebrochen, das Hirn in der Faust. Er will, dass sie ein Buch über sein Leben schreibt. Also hilft sie ihm bei seiner Verwandlung.

Sie finanziert ihm erst einen Schreibmaschinenkurs und dann von 1978 bis 1979 einen Fernlehrgang in „Technik der Erzählkunst", den er mit Spitzenbewertung abschloss. Es glich einem Wunder: Ein junger Mann aus kriminellem Milieu, ein Fürsorgebalg, der bei Strafantritt kaum lesen und schreiben konnte, versuchte sich jetzt, nur kurze Zeit später, als Schriftsteller.

Schon wahr: Jack hat seine Künstlerkarriere als Abschreiber begonnen. Die ersten Fingerübungen machte er mit Pornoheften, die er abtippte. Dann bekam er eine Stelle in der Häftlingsbibliothek. Dort hackte er Gedichte und ganze Buchseiten in die Maschine. Er erzählte damals sogar ganz offen im Radio, wie er mit dem Schreiben begonnen hat:

Und das war irgendwo ein spontaner Einfall, von nichts animiert, dass ich mir auf einmal gesagt habe, ich weiß gar nicht mehr, was ich da abgeschrieben habe, das waren irgendwelche Texte, dass ich mir gesagt habe: „Depp, das kannst du auch.“

Ich habe mich immer gefragt, woher Jack sein Selbstbewusstsein nahm. Woraus sich sein bescheidenes, aber sicheres Auftreten als Schriftsteller, der aus dem Nichts gekommen war, speiste.

Je länger ich mich mit diesen Unterlagen aus seiner Haftzeit beschäftige, desto fragwürdiger scheint mir Jacks Erzählung, wie er scheinbar spontan sein Talent gefunden hat. Es war Sonja von Eisenstein, die ihn immer wieder darin bestärkte, dass er schreiben kann, und er hat erklärtermaßen kein Wort von dem kapiert, was er da abtippte.

Aber er hat das Imitieren gelernt. Er hat sich, wie Herwig das ausdrückt, in den Groove des hohen literarischen Tons eingespurt und ihn mit dem herben Sound des Häfens gemischt: „Das ist Kunst, darauf fahrt ihr Intellektuellen ab, wenn einer wie er das abliefert, was ihr nicht erwartet habt!“

Dank Sonja von Eisenstein kann er seine Geschichten aufschreiben. Damit wird sein Publikum größer, sein Wirkungskreis dehnt sich aus. Jetzt hören ihm nicht mehr nur Heimerzieher, Polizeibeamte, Richter und Gefängniswärter zu, jetzt hängt *die bessere Gesellschaft* an seinen Lippen. Er muss nur eine Rolle spielen: die des Schriftstellers.

Im Gefängnis machte er sich durch seine Eloquenz bald einen Namen – aber keine Freunde. Man habe „ihm nahegelegt, er soll nicht so gescheit daherreden, dazu sei er hier am falschen Ort, das sei ihnen unerwünscht“.

Jack habe sich wichtig gemacht durch die Schreiberei, sagt Herwig. Das habe ihm der Sozialarbeiter Karl Rottenschlager erzählt, der sich Ende der Siebzigerjahre in der Justizanstalt Stein um Jack und andere Häftlinge gekümmert hat. Aufarbeitung der Kindheit, der dramatischen Jugendzeit und so weiter. Bei den meisten war die Heimkarriere ja nahtlos in die Gefängniskarriere übergegangen. Rottenschlager schien jedenfalls beeindruckt, wie zielstrebig Jack trotz seiner schlimmen Kindheit an seiner Zukunft arbeitete.

Zum ersten Mal in seinem Leben entwickelte er so etwas wie Ehrgeiz. Er lernte nicht nur Schreibmaschinenschreiben und Stenografie, sondern holte sogar den Hauptschulabschluss nach. Auch der Deutschlehrer Alfred Bruckner, der Jack in der Haft das Lesen und Schreiben beibringen musste, war beeindruckt: Ein Musterschüler sei er gewesen, das könne man gar nicht anders sagen! Da hatte die Verwandlung des Jack Unterweger bereits begonnen. Der neue Jack war brav, angepasst und fleißig, bestätigt auch Rottenschlager:

Wenn man es nicht wüsste, wem man gegenübersitzt, würde man nie auf die Idee kommen, dass der überhaupt jemals einer Fliege etwas zuleide tun kann, dass der überhaupt ein Verbrecher sein könnte. Der hat den Eindruck gemacht eines Bürobeamten. Er war korrekt gekleidet mit Scheitel, war also wirklich auch korrekt in seinem Benehmen, hatte sehr gute Umgangsformen. Er war ein intelligenter Schüler, war sehr konzentriert und er hat all die Dinge, die man von ihm erwartet hat, die hat er auch erfüllt.

Jede Woche machte Jack seine Hausaufgaben, und wenn er mal eine Stunde verpasste, hatte er immer eine Entschuldigung parat: Termine, Herr Studienrat! Wie beschäftigt kann einer im Gefängnis sein, dass er keine Zeit für den Unterricht hat? Der Schriftsteller Jack Unterweger lebte in einer kleinen Zelle, aber sein Terminkalender war voll. Er erzählte Alfred Bruckner von Verabredungen mit wichtigen Leuten, bekannten Schriftstellerinnen und Intellektuellen, die ihn besuchten. Er habe so viel Post zu schreiben, dass er monatlich rund 1000 Schilling (das entspricht heute einem Wert von ungefähr 220 Euro) allein für Briefmarken brauche.

So baute er sich das einflussreiche Netzwerk in literarischen Kreisen auf, zu dem auch ich gehörte. Jack wusste, wer ihm nützlich sein konnte. Mich bat er, eine große Rezension von „Fegefeuer" für eine deutsche Zeitung zu schreiben. Er wollte ja über Österreich hinaus anerkannt werden und spekulierte darauf, dass der Ruhm im Ausland daheim doppelt nützlich sein würde. Deshalb auch der deutsche Verlag. Ich habe meinen Text dann der „Zeit" in Hamburg angeboten. Aber zu meinem Bedauern – ich hätte gerne geholfen – hatte die Wochenzeitung schon einen Kollegen für das Thema engagiert, der dann in seiner Besprechung von Jacks Roman sogar Handkes „Wunschloses Unglück" ins Spiel brachte. Jack hat kapiert, wie der Literaturbetrieb funktioniert: schreiben und hochgeschrieben werden. Hauptsache, du trittst selbstbewusst auf und hast die richtigen Fürsprecher.

Die Begegnung mit Sonja von Eisenstein hat Jacks Leben eine entscheidende Wendung gegeben. Er wollte sein Talent dafür nutzen, Bedürftigen zu helfen. Als Häftling durfte er ohnehin kein Geld verdienen. Also flossen die Einkünfte, die er für seine Veröffentlichungen bekam, fortan auf die Konten von Sonja von Eisenstein und einer Reihe anderer weiblicher Bekanntschaften, die Jack per Brief unterhielt. Außerdem hatte er ihr versprochen, seine Einkünfte einem SOS Kinderdorf zu spenden.

Für Sonja von Eisenstein war das Ganze wohl auch eine Art Experiment. Zuerst war Jack nur eine von ihren vielen „Schreibversuchspersonen", an denen sie ihre Methode des Schreibens aus dem Unterbewussten testete. Sie sorgte dafür, dass Jack im Gefängnis an sich und seinem Talent arbeitete, schickte ihm Bücher und eigene Texte als Anschauungsmaterial. Vor allem Märchen und Traumgeschichten.

Die späten Siebziger- und frühen Achtzigerjahre waren eine gute Zeit für kleine und große Träumer, vom Kind bis zum Minister. Es wehte ein frischer Wind durch die Gesellschaft. Der Strafvollzug sollte reformiert werden. Statt Gefangene einfach wegzusperren und zu verwahren, förderten Politiker wie der österreichische Justizminister Christian Broda Programme zur Resozialisierung und Wiedereingliederung von Häftlingen in die Gesellschaft. Broda träumte von einer „gefängnislosen Gesellschaft". Den Weg dorthin nannten seine Strafvollzugsbeamten weniger poetisch „Behandlungsvollzug".

In seiner Zelle schrieb Jack an den Träumen von Sonja von Eisenstein und Justizminister Broda weiter. Er verfasste Gutenachtgeschichten für Kinder, sie gehörten zu seinen ersten Versuchen als Schriftsteller. Und so kam es, dass der Frauenmörder Jack Unterweger zum Märchenonkel im Radio wurde.

„Das Traummännlein kommt" war Ende der 1970er noch immer eine der beliebtesten Kindersendungen im österreichischen Rundfunk. Einige Jahre bevor ich Jacks literarisches Werk zum ersten Mal in den „manuskripten" wahrnahm, hat er mir ein paar seiner Geschichten geschickt und mich gebeten, meine Kontakte zu nutzen, um sie dem Radio anzubieten. Ich schickte die Texte mit ein paar warmen Worten über den ungewöhnlichen Hintergrund des Verfassers an die Kinderbuchautorin Marga Frank weiter, die als Redakteurin beim ORF für das „Traummännlein" zuständig war. Marga Frank war fasziniert. Von 1979 an besuchte sie Jack regelmäßig im Gefängnis. Im gleichen Jahr sendeten der Österreichische und der Bayerische Rundfunk Jacks erste Kindergeschichten. Als er 1985 ein Gnadengesuch stellte, schrieb sie einen Brief an den österreichischen Bundespräsidenten:

In meiner Tätigkeit als Produzent der Kinderfunk-Programme erhielt ich vor Jahren die ersten Kindergeschichten von Jack Unterweger. Die Schreibweise war damals wohl noch etwas ungelenk, aber Talent und schriftstellerische Fähigkeiten waren trotzdem zu erkennen. Aus diesem Grund entschloss ich mich mit Wissen meiner Vorgesetzten, Herrn Unterweger sozusagen ‚schriftstellerisch' zu betreuen.

Betreutes Schreiben. Ein guter Anfang für eine Schriftstellerkarriere.

Was weder Marga Frank noch ich ahnten: Die ersten Kindergeschichten, die Jack ihr unter seinem Namen für das „Traummännlein" schickte, stammten gar nicht von ihm, sondern von Sonja von Eisenstein. Als die davon erfuhr, war sie verständlicherweise empört. Ich wäre es auch gewesen. Es gibt in unserem Metier doch nichts Verwerflicheres, als sich mit fremden Federn zu schmücken.

Jack aber spielte die Sache runter. Was ist schon ein Plagiat, wenn man für Mord im Knast sitzt – ein Kavaliersdelikt! Herwig hat mir einen von Jacks Briefen an Sonja gezeigt. Da klingt er zwar ziemlich kleinlaut:

Kannst ja gleich sagen, dass Du mit Marga Frank in Verbindung stehst und dort meine stibitzten Geschichten gelesen hast vom Hasen-Versöhnungskuss und Enten-Dame. Zum Glück kommen die nicht zur Sendung. Ich habe die Durchschriften schon weggeräumt, denn nun fühle ich mich selbst stark genug für Eigenbau!

Eine echte Entschuldigung hört sich aber anders an.

Der Eigenbau von einem Roman, den Jack seit 1978 in seiner Zelle zusammenzimmerte, muss ziemlich windschief und wackelig gewesen sein. Das deutlich über tausend Seiten dicke Manuskript trug den schlichten Titel „Drogen, Blut und Tränen" und war eher eine pornografische Fleißarbeit. Jack war stolz, seine Hausaufgaben gemacht zu haben. Der Deutschlehrer, der die Häftlinge in der Justizanstalt einmal pro Woche unterrichtete, konnte mit dem Text nichts anfangen. Als Jack ihn bat, sein Manuskript zu lektorieren, lehnte er ab. Er hielt es für ausgeschlossen, dass sich irgendein Verlag für das Machwerk interessieren könnte. Der Text sei weder vom Inhalt noch vom Stil geeignet, an die Öffentlichkeit gebracht zu werden.

Herwig hat den Deutschlehrer, der natürlich längst pensioniert ist, in St. Pölten getroffen und ausgefragt. Der gute Mann habe seinen Ekel auch Jahrzehnte später nicht verbergen können, wenn er über Jacks Urschrift von „Fegefeuer" sprach.

Die ersten zwölfhundert Seiten seien für ihn eine reine Polemik gegenüber Behörden und Gerichten gewesen, erzählte Jack später im ORF-Radio Steiermark: „Da ist noch das drinnen, mit dem ich gekämpft hab." Das Wüten gegen die angebliche Ungerechtigkeit seines Schicksals. Das Hineinsteigern in die Opferrolle, obwohl er Täter war, „sodass ich sozusagen nicht nur im Gefängnis, sondern auch im eigenen Gefängnis drin war".

Jack brauchte Vorbilder, literarische Muster, denen er nacheifern konnte. Er brauchte Hilfe aus der Verlagsbranche. Ein Lektor des Residenz Verlags empfahl ihm Franz Innerhofers „Schöne Tage", die Geschichte des jungen Holl, der sich aus einer brutalen Kindheit auf dem Land befreit. Innerhofer war der Sohn einer Landarbeiterin und hatte seinen autobiografisch geprägten Roman 1974 bei Residenz veröffentlicht – im selben Jahr, als Jack Unterweger für den Mord an Margret Schäfer verhaftet worden war. Innerhofers Protagonist Holl „findet die Sprache, die Dinge beim Namen zu nennen" und verlässt den Hof seines Vaters, „um ein neues Leben zu beginnen, in dem er nicht mehr länger schweigen muss", wie es im Klappentext heißt.

Was lag näher, als dieses literarische Modell auf Jack zu übertragen, den Buben aus der Kärntner Körbler-Keusche, der sich mithilfe der Sprache von seinem Hof, der Haftanstalt, befreien will?

In der frühen Version von „Fegefeuer" imitierte Jack nicht nur den literarischen Realismus von Innerhofer, sondern auch die Erzählperspektive, wie er 1983 freimütig dem ORF-Radio erzählte: „Da hat dieser Unterweger nicht im philosophischen Ich geschrieben, sondern da hat er noch im Er geschrieben, also angelehnt an Ratschläge von Dr. Jung des Residenz Verlages, also Innerhofer Schöne Tage und so weiter." Unterwegers Alter Ego, der Held seiner Geschichte, „Hansi Körbler" sollte also in die literarischen Fußstapfen von Innerhofers Holl treten.

Auch Sonja von Eisenstein erkannte wohl, dass Jacks Text anfangs weder sprachlich noch inhaltlich gut genug für eine Veröffentlichung war. Also half sie ihm. Das Manuskript ging zwischen den beiden hin und her und schrumpfte mit jedem Mal: von 1200 auf 800 auf 400 und, endlich, in der vierten Fassung, auf weniger als 300 Seiten.

Betreutes Schreiben verändert die Perspektive: Auf einmal erscheint das Ich und will erzählen. „Hansi Körbler" verschwindet, und aus Jack Unterweger wird ein Ich-Erzähler. Dichten heißt verdichten. Die Bedeutung rauskehren, das *Exemplarische* an diesem Schicksal, bis „dieser Unterweger nicht mehr über den Unterweger geschrieben hat, sondern der Unterweger hat über einen Außenseiter geschrieben".

So hat Jack es später in einem Radiointerview erzählt, seltsam distanziert über sich selbst in der dritten Person sprechend, als wäre er gar nicht mehr beteiligt gewesen. „Typisch für einen Psychopathen", sagt Herwig dazu und tut wie immer, als sei ihm nichts Unmenschliches fremd. Es gebe sogar eine aktuelle Forschungsarbeit mit dem, zugegeben etwas sperrigen, Titel: „Linguistic Indicators of Psychopathy and Malignant Narcissism in the Personal Letters of the Austrian Killer Jack Unterweger", erschienen 2023 im Fachjournal „Forensic Sciences". Ob er mir eine Kopie davon besorgen solle? Danke nein, habe ich gesagt, mit Tabellen und Statistiken, dem Auf- und Abrechnen von Wörtern soll mir niemand kommen. „Aha, *old school*", bemerkt Herwig mit einem süffisanten Lächeln und lässt das Thema auf sich beruhen. Er hält mich für einen Stehpult-Germanisten, der Interpretationen noch aus der Brust schöpft und am liebsten mit Gänsekiel schreiben würde. Gefühle sind für ihn bei der Arbeit überhaupt keine Kategorie – unzuverlässig, nicht objektivierbar, irreführend. Die ganze Geschichte mit diesem Unterweger zeige doch, wo es hinführe, wenn man sich von *Gefühlen* mitreißen lasse. Jack sei in Wahrheit der Einzige, der seine Gefühle unter Kontrolle gehabt habe. Sogar in persönlichen Briefen schrieb er oft in der dritten Person über sich. Nur seine Opfer haben, in den schrecklichen Augenblicken vor ihrem Tod, all das gesehen und erlebt, was er vor uns verborgen hat.

Herwig legt mir ein weiteres Beweisstück aus seinem Fundus vor: 1983 ließ Jack sich eine Werbekarte drucken, auf der unter zwei Fotos sein literarisches Werk aufgezählt ist. Das linke Bild zeigt einen ausdruckslos in die Kamera blickenden Jack nach seiner Verhaftung in Basel im Jahr 1974;

das rechte den lächelnden Jack 1983 in der Justizanstalt Stein. Der tabellarische Lebenslauf nennt lediglich drei Daten: Geboren am 6.8.1950 in Judenburg/Steiermark, den Schulabschluss 1978 und im Jahr darauf den *Beginn der literarischen Tätigkeit*. Schöne Formulierung. Das war genau der Duktus, den wir damals pflegten. Die darunter aufgeführte Liste von Jacks Werken war umso länger: In nur vier Jahren hatte der „Häfenpoet" zwei Gedichtsammlungen („Tobendes Ich", 1982, und „Worte als Brücke", 1983), einen Roman („Fegefeuer oder die Reise ins Zuchthaus", 1983) und das Theaterstück „Endstation Zuchthaus" (1985) veröffentlicht, für das er 1986 sogar mit dem Dramatikerstipendium des Bundesministeriums für Unterricht ausgezeichnet wurde.

Ich war erstaunt, mit wie vielen verschiedenen Genres und Themen Jack damals herumexperimentiert hat: Kurzkrimis, Love-Storys, Kinderstücke für den Hörfunk, Erzählungen, Beiträge für Anthologien, Jahrbücher, Literaturzeitschriften und ein „Drama zur neuentflammten Ausländerfeindlichkeit" mit dem Titel „Tod einer türkischen Liebe". Immer wieder erhielt er Stipendien und Subventionen vom österreichischen Staat.

In Form eines regen Briefverkehrs baute Jack sein Netzwerk in der Außenwelt auf. Vor allem von Frauen bekam er Post mit Liebesbriefen und Fotos und Gedichten zugeschickt. Auch zum Literaturbetrieb suchte er Kontakt. Er korrespondierte mit Verlegern, Redakteuren und Kulturveranstaltern.

Ich habe nur ein paar Postkarten von ihm bekommen. Er bedankte sich für mein Buch über Günter Grass, das ich ihm ins Gefängnis geschickt hatte. Aber es wirkte nicht so, als ob er es gelesen hätte. Ich war ein wenig gekränkt.

Herwig sagt, Jack sei ein großartiger Briefschreiber gewesen. Briefe seien überhaupt die einzige literarische Gattung, in der Unterweger aus eigenen Kräften brilliert habe, in der er „wirklich was draufhatte", wie Herwig sich in seiner flapsigen Art auszudrücken pflegt. Die Briefe würden nämlich zeigen, wie geschickt Jack uns literarische Influencer manipuliert habe, ich solle nur einmal die Korrespondenz lesen, die er mit Alfred Kolleritsch geführt hat.

Ach, Ferdi, ich denke gern an ihn zurück. Er war ein gütiger Mentor für so viele von uns, ein wahrhaftiger Lehrer. Das war seine Berufung, und er war so bescheiden und hat bis zu seiner Pensionierung als Gymnasiallehrer weitergearbeitet, obwohl er mit den „manuskripten" längst eine der einflussreichsten Personen im österreichischen Literaturbetrieb geworden war. Peter Handke, Elfriede Jelinek – der Ferdi hat sie schon in den „manuskripten" veröffentlicht, lange bevor sie weltberühmt wurden.

Jack, der Knastpoet, hatte von Handke noch nie etwas gehört, als er in der Gefängnisbibliothek von Stein eine Handke-Erzählung aus dem Regal zog.

Beim Abschreiben von Büchern und Pornoheften, was man im Gefängnis zur Verfügung hat, war ein Buch von Peter Handke dabei, von dem ich zu der Zeit noch gar net gewusst habe, ob das jetzt ein spanisches Dorf oder ein Mensch ist, na und da hab ich „Die linkshändige Frau" abgeschrieben und irgendwann hab ich das Buch in die Ecke geknallt, weil's so ein Blödsinn war ... und ich hab gesagt, wenn der diese Botschaft als Buch im Residenzverlag bringt, dann hab ich noch viel mehr zu sagen. Und das ist „Fegefeuer" geworden.

So erzählte Jack es 1988 auf einem Festival, wo die Verfilmung seines Romans „Fegefeuer" lief. „Beim Abschreiben von Pornoheften!", wiederholt Herwig genüsslich, als ich ihm das Zitat zeige. Was Handke wohl zu diesem Unfug sagen würde? Nun ja, der Herr Journalist hat natürlich auch darauf eine

Antwort. Er weiß ja immer alles und kennt jeden, und für Handke hat er sehr viel übrig, vor allem das: „Der hat damals keine Scheißpetitionen für die Freilassung von dichtenden Mördern unterschrieben!" Ja, natürlich: Handke hat sich auf seinem Salzburger Mönchsberg ferngehalten von dem ganzen Rummel um Jack. Niemand weiß, was er von Jacks „Fegefeuer" gehalten hat.

Als Herwig nach ein paar Tagen wiederkommt, um meine Fortschritte mit dem Manuskript zu kontrollieren, hat er bereits mit Handke gesprochen. „Das ist nicht ernsthaft", sei dessen Eindruck gewesen, als er in den „manuskripten" den Vorabdruck von „Fegefeuer" las. „Das macht er für andere. Wenn man wirklich was erlebt, verwandelt man das. Nur anderen zu imponieren, sich anzuschmeicheln – das war ein Schwindler. Das hätte man vielleicht durchschauen müssen." Ja danke, im Nachhinein ist mir das auch klar.

Und doch überkommt mich ein Gefühl der Beklemmung, als Herwig mir die Mappe mit den Briefen vorlegt, die Jack an den „Sehr geehrten Herrn Dr. Alfred Kolleritsch" aus dem Gefängnis geschrieben hat. Sie zeigen, dass Jack intuitiv verstanden hat, wie der Literaturbetrieb funktioniert. Er hat genau verfolgt, wie die Medien über ihn berichten, und hat versucht, die Darstellung in seinem Sinn zu beeinflussen. Da schreibt er im Oktober 1982 an Kolleritsch:

Im heutigen Kurier findet sich wieder einmal ein ganz guter Bericht über Literatur im Gefängnis, auch der erste, der konkreter ist, ohne gleich eine Vergangenheit zu strapazieren, nur ein altes Foto (1974) von mir wurde ausgegraben.

Jack arbeitete damals fieberhaft daran, endlich eine eigene Lesung zu veranstalten. Er will Ferdi überzeugen, dass es ihm um eine große Sache geht:

Warum ich unbedingt ‚einmal' lesen will: um einmal damit zu beginnen, daß es auch in österreich der fall ist, daß sich ein straftäter ernstlich um die zukunft, um glaubwürdigkeit bemüht! und daß es einmal einen straftäter gibt, der seine schuld bekannt, aber auch bereit ist, ein in ihn gesetztes vertrauen nicht zu mißbrauchen. und einmal muß auch begonnen werden, die tradition, einen solchen mann dauernd vor der öffentlichkeit zu verstecken. man spricht laufend von mißerfolgen bei der resozialisierung und ist nicht geneigt, auch solches, das der gefangene von sich aus erreicht, einmal herzuzeigen.

Also hat er sich gleich selbst als Paradefall für Resozialisierung angeboten. Endlich mal ein Straftäter, der sich zu seiner Schuld bekennt und etwas aus sich macht und der Gesellschaft etwas zurückgibt: Literatur. Texte, die aufrütteln und ans Herz gehen. Vor allem ans Herz des Gefängnisdirektors, denn den braucht Jack für seinen Plan. Aber Hofrat Schreiner ist nicht so leicht zu beeindrucken. In einem Brief vom Februar 1983 an seinen literarischen Bewährungshelfer Alfred Kolleritsch klagt Jack diesem sein Leid:

Ich hörte bis heute kein Wort vom Anstaltsleiter über meine bisherigen Arbeiten... durfte nicht mal bei den Lesungen im Haus teilnehmen. Geht's deutlicher? Aber ich bin auch selbst schuld, weil ich nicht opportunistisch sein kann, nicht ER hat mich resozialisiert, das kann immer nur der BETREFFENDE selbst, von sich aus, ohne seine innere Bereitschaft kann mich NIEMAND resozialisieren.

Noch war Gefängnisdirektor Schreiner skeptisch. Er wartete ab, bevor er sich entschied, welchen seiner Insassen er als Paradefall für Resozialisierung ins Rennen schickt. Es muss ein regelrechter Wettlauf um die Gunst des

Gefängnisdirektors gewesen sein, denn Jack war nicht der einzige schreibende Häftling in Stein. Und warum sollte der Literaturbetrieb hinter Gittern weniger hinterhältig sein als in Freiheit? Johann Synek, Otto Braun und andere Lebenslange verfassten ebenfalls Kurzgeschichten und versuchten, sich einen Reim auf ihr verkorkstes Verbrecherleben zu machen. Immer wieder klagte Jack, er werde ungerecht behandelt, andere Häftlinge würden vorgezogen. Dabei seien die entweder schlechtere Schriftsteller oder schlimmere Verbrecher als er. Seine Konkurrenten hätten sich gegen ihn verschworen und machten gemeinsame Sache mit der Gefängnisleitung. Sie wollten Jack nicht dabeihaben und intrigierten gegen ihn. „Der Braun ist immer zu mir gekommen", berichtete Oberst Zach, der stellvertretende Gefängnisdirektor, Herwig, „und hat mir wieder erzählt, was er schon wieder abgeschrieben hat, der Unterweger, was für ein Gedicht, das eigentlich ganz woanders schon erschienen war. Das heißt, er hat ein Plagiat dort verbreitet".

Jack hat abgeschrieben. Er hat plagiiert. Hat sich mit fremden Federn geschmückt. Aber er sah gut aus – und er hatte Erfolg. Von Synek und Braun hatten wir in Wien noch nie etwas gehört. Aber der begabte Jack Unterweger, der war auf einmal in aller Munde.

1983 erscheint „Fegefeuer" im deutschen Maro Verlag. Das ist der Durchbruch. Der Roman wird als literarisch gelungene Lebensbeichte eines Außenseiters gefeiert. Für Jacks Deutschlehrer Alfred Bruckner eine ziemliche Überraschung. „Ich hätte ihm eigentlich ein solches Buch nicht zugetraut. Ich habe mich gewundert, dass er imstande ist, einen solchen Roman, ein solches Buch zu schreiben." Das literarische Meisterwerk, der große Wurf des Jack Unterweger ist Welten entfernt von den unbeholfenen Vorentwürfen, die er seinem Deutschlehrer im Gefängnis gezeigt hat. „Das war fast eine andere Sprache."

Im Maro Verlag in Augsburg war Jack in guter Gesellschaft. Maro verlegt Außenseiterliteratur, aber auch Kultpoeten wie Charles Bukowski. Ein Knastdichter wie er passte perfekt zum damaligen Zeitgeist, der von Gossengesängen über die Halbwelt der Huren und Boxkämpfer ganz fasziniert war. Wondratschek, Fauser und wie sie alle heißen.

Im Maro Verlag war man überrascht und begeistert, dass ein verurteilter Mörder so gut schreiben konnte: authentisch, ein bisschen rüde und derb, aber lesbar. Dass eine Schriftstellerin namens Sonja von Eisenstein daran keinen geringen Anteil hatte, wusste außer Jack und ihr selbst niemand.

Auch bei der Buchgestaltung hatte Jack ganz genaue Vorstellungen. Das Cover sollte zweigeteilt sein. Auf der einen Seite ein Mann im Smoking, garniert mit einer Blondine und einem schicken Auto. Auf der anderen Seite lodernde Flammen. Der große Gatsby und das Fegefeuer. Aber der Verlag hatte eine viel bessere Idee. Auf dem Cover der Erstausgabe von „Fegefeuer" sieht man ein hilfloses, nacktes Menschlein mit angezogenen Beinen kauern. Wenn ich mir das Titelbild anschaue, habe ich vor allem ein Gefühl: Mitleid. So wirkte Jack damals auf uns: ein hilfloses Wesen, das man in den Arm nehmen und vor der bösen Umwelt schützen möchte. Der Täter als Opfer. Mit seinen geschickten Appellen an den Beschützerinstinkt, an die Hilfsbereitschaft gutwilliger Menschen hatte Jack Erfolg – auch in intellektuellen Kreisen.

Die Qualität seiner Texte interessierte im Justizministerium niemanden. Dafür sind schließlich *die Literaten* zuständig. Und die waren begeistert von „Fegefeuer". Auch Elfriede Jelinek. Sie war schon damals eine zentrale Figur in der österreichischen Literatur. Auf dem Cover des „manuskripte"-Heftes, das Jack Unterweger 1981 auf seinem Autorenfoto in der Hand hält, ist Jelinek abgebildet.

„Das nennt man heute wohl Kontaktschuld", sagt Herwig, als ich ihm das Foto zeige. „Allerdings hat sie sich damals auch persönlich für ihn eingesetzt und sogar an das Kreisgericht Krems geschrieben, als es um seine Entlassung ging. Kennen Sie den Brief?"

Doch, ich erinnere mich an ihre Worte, weil ich es damals ganz genau so empfunden hatte wie sie: Sie hatte sich beeindruckt gezeigt von der Klarheit und großen literarischen Qualität, mit der Jack die Auswirkungen auf seine Kindheit beschrieben hatte.

Jacks Suche nach dem eigenen Selbst kam damals gut an in der literarisch interessierten Öffentlichkeit. Im ORF-Radio Kärnten wurde er bereits 1980 als viel beschäftigter Autor vorgestellt, „der schon mit Lyrik, Erzählungen, Hörspielen, Kindergeschichten hervorgetreten ist". Im öffentlich-rechtlichen Sender interpretierten sie Jacks Schreiben als Versuch einer „seelischen Ortung, um das gespaltene Ich wieder zu vereinen" – und folgten damit genau der Deutung von Sonja von Eisenstein.

1980 wollte Jack sogar beim renommierten Ingeborg-Bachmann-Preis in Klagenfurt lesen. Doch daraus wurde nichts – auch, weil er keine Sondergenehmigung für den Ausflug bekam. Er war schließlich Häftling, ein Lebenslanger.

Die öffentliche Unterstützung durch uns Kulturleute verschaffte Jack aber schließlich eine privilegierte Stellung in der Justizanstalt Stein. Seinem Deutschlehrer erzählte er, dass der Direktor ihn höchstpersönlich zu Lesungen begleitet.

Er prahlte gerne mit den Privilegien, die er als „Schriftsteller“ im Gefängnis bekam. Ganz am Anfang, als er noch neu war in Stein, musste er als Schreiber in der Küche anfangen und Speisekarten abtippen. Er war ein Niemand. Aber dann stieg er auf in der Hierarchie, vom Schreiber zum Schriftsteller, vom ordinären Knastbruder zum Künstler. Der Direktor förderte ihn mehr und mehr, er reichte seinen Vorzeigehäftling herum: „Wie liberal ist unser Strafvollzug, was tun wir nicht alles!“

Des Hofrats Motto war: Wenn es gelänge, aus einem Mörder einen Dieb zu machen, dann sei das schon ein großer Erfolg. Und wer wäre für solch ein Vorhaben besser geeignet als ein feinsinniger Künstler wie Jack, der Dichter? „Ich bin ja auch der Meinung, dass viel zu viele Leute eingesperrt werden“, erklärte der Direktor im anstaltseigenen Radiosender. „Wenn einer eine Strafe hat, ist er ja noch nicht blöd.“

Jack war nicht blöd. Im Gegenteil: Er hatte längst einen Plan, wie er dem Gefängnis entkommen würde. Eine Flucht ohne Feile und verknotete Bettlaken, aber unter Beobachtung der Öffentlichkeit. Die einzigen Werkzeuge, die er dafür benötigte, waren eine Schreibmaschine und Briefmarken.

Das Schreiben habe Jack geholfen, aus der Anonymität herauszutreten, erzählte Oberst Zach Herwig. Der Rest sei ein Selbstläufer gewesen: „Er hat sich hinausgeschrieben, und die anderen haben ihn hinausgepresst.“

Der Häftling und der Hofrat brauchten einander, jeder den anderen für seine Zwecke. In einer Haftanstalt geschieht nichts ohne Hintergedanken. Das bekamen auch Schreiners Justizwachebeamte zu spüren, vom einfachen Wärter bis zum Leiter des Strafvollzugs Oberst Zach.

Wir waren an seinem Gängelband. ... Er hat's verstanden, alle anderen gegen uns, wenn wir dagegen waren, aufzuwiegeln. Er hatte mehr Ansehen. Er hat sich von der Masse der Insassen als der Gefangene herausgestellt, der richtungsweisend für die Zukunft der Strafgefangenen wirkt. Zum Teil war's auch so, dass selbst die Angestellten, die Mitarbeiter, die Beamten vorsichtig geworden sind im Umgang mit Unterweger. Einer, der so populär ist, einer, der so bekannt ist und geschätzt und gefördert, dem tritt man anders gegenüber als einem anderen, der unter ferner liefen ist.

Dass ein Niemand wie Jack Unterweger es innerhalb weniger Jahre schafft, einen gestandenen Gefängnisdirektor und seine halbe Mannschaft für sich einzuspannen, ist schon eine erstaunliche Leistung. Sogar Harald Ofner, Nachfolger von Christian Broda als Justizminister und als FPÖ-Politiker ein Vertreter von Recht und Ordnung, war begeistert und pries Jack Unterweger in einem Radiointerview: „Das ist ein bemerkenswerter Fall einer positiven Persönlichkeitsentwicklung, wie man es sich im Strafvollzug nur wünschen kann." Jack Unterweger hat sein Publikum gefunden. 1983 war sein Jahr. Das Jahr, in dem sich alles für ihn wendete.

Ich lebe im Abseits
Mein Name ist registrierte Nummer.
Meine Taten wurden zum Fall.
Mein Bild klebt im Akt, dreifach.

Es gibt viele Arten von Fotos, die man mit Verbrechern verbindet: Fahndungsfotos, Phantombilder, Mugshots. Und es gibt das Porträtbild, das Jack damals in der Haft von sich anfertigen ließ. Darauf trägt er ein orange-weiß-gestreiftes Freizeithemd, eine weiße Baumwollhose und schaut verletzlich in die Kamera. In der Hand hält er demonstrativ ein Exemplar seines Gedichtbandes „Tobendes Ich" und die bereits erwähnte Ausgabe der „manuskripte" mit Elfriede

Jelinek auf dem Cover. Er hatte kapiert, wie man sich im Literaturbetrieb vermarktet.

Nur der Mord störte.

Unter eine Kurzbiografie, die er an Kolleritsch schickte, schrieb Jack: „Nur bitte nichts von der Tötung (wegen der Emotion und Angehörigen) und dem Lebenslang. Danke."

Ob ich mich nie darüber gewundert habe, fragt Herwig, dass der Mord an Margret Schäfer in Jack Unterwegers großer autobiografscher Lebensbeichte überhaupt nicht vorkommt? Das „Fegefeuer" ende schließlich nicht mit dem Mord, sondern mit den Selbstmordgedanken des Erzählers nach seiner Verhaftung. Aber auch darauf hatte Jack sich eine Antwort zurechtgelegt, mit der er diese Einwände abwimmeln konnte. In einem Brief an Alfred Kolleritsch begründet er das so:

Ich höre bewusst da auf. erstens lasse ich es offen, ob es einmal eine Fortsetzung geben wird. hier beginnt der totale Sturz, um diesen wirklich gut, emotionsfrei darstellen zu können, fehlt mir noch die ruhe, die reife. und dann ergeben sich auch rechtliche fragen, weil ich nach österr. Vollgesetz nicht über das berichten darf, wofür ich in Haft bin.

Jack sei ein Musterschüler gewesen, sagt Herwig, aber nicht so, wie wir uns das vorstellten. Wir hätten ihn geradezu bedrängt, über seine Tat zu schreiben, seine kriminelle Vergangenheit zu reflektieren. Wir hätten das große literarische Geständnis von ihm erwartet. „Und bekommen habt ihr Knast-Kitsch und das Lied von der harten Kindheit."

Allerdings habe er eine Stelle in „Fegefeuer" gefunden, die ihm verdächtig vorkomme. Der Erzähler ist da gerade auf dem Weg nach Salzburg, er braucht Geld:

Im Arbeitsamt hatte man keine Gelegenheitsarbeit für mich, bei der Tabak-Regie hätte ich zwei Wochen warten müssen, ich wartete in Krumpendorf am Wörthersee. Nicht mehr auf Arbeit, auf die Nacht, auf offene Schlafzimmerfenster ...

Als ich endlich eines gefunden hatte, konnte ich nur verdammt wenig finden, die Mädchenbrieftasche war fast leer, ich ließ auch das wenige noch im Zimmer zurück. Im nächsten erwischte ich ein Mädchen beim Umziehen, dann ging sie ans Ufer hinunter und setzte sich hin. Ihr halbnackter Körper hatte meine anderen Gedanken verdrängt, mein Hirn klatschte in die Lenden.

„So könnte es gewesen sein", sagt Herwig und berichtet von Kriminalinspektor August Schenner, der 1973 in Salzburg einen Mordfall aufzuklären versuchte. Die Leiche einer jungen Frau war halb bekleidet am Ufer eines Sees bei Salzburg gefunden worden. Der Mörder hatte ihre Hände mit einer Krawatte und die Beine mit einer Strumpfhose gefesselt. Dann hatte er die hilflose Frau bewusstlos geschlagen und im See ertränkt. Ihr Name war Marica Horvath. Sie war Jugoslawin.

Es habe sich um einen ungewöhnlichen Fall gehandelt, erklärt Herwig. Salzburg sei schließlich eine friedliche Stadt, bekannt für Mozartkugeln und Festspiele. Also habe Schenner alles daran gesetzt, den Täter zu finden. Nach mehreren Jahren war er sicher, den Mörder der jungen Frau ermittelt zu haben. Doch die Staatsanwaltschaft beschloss, keine Anklage zu erheben, da der Verdächtige bereits zu lebenslänglicher Haft verurteilt worden war für den brutalen Mord an einer jungen Frau in Deutschland im Jahr 1974.

„Und raten Sie mal, wie der Name des Verdächtigen war? Jack Unterweger!"

Herwig scheint den unermüdlichen Inspektor zu bewundern. Dieser Schenner habe nicht lockergelassen und Jack zehn Jahre später noch einmal im Gefängnis besucht, um ihn zu dem Mord zu verhören. Doch da war aus dem

Mordverdächtigen von einst bereits ein erfolgreicher Schriftsteller geworden. „Er hat alles bestritten und sich über den armen Inspektor lustig gemacht, der von dem Fall nicht lassen kann", erklärt Herwig missbilligend und schiebt sein Exemplar von „Fegefeuer" zu mir über den Tisch. Ich solle mir die angestrichene Passage mal genau anschauen. Unterweger nennt das Mädchen „Marja" und erwähnt, dass sie aus Jugoslawien stammt.

Herwig scheint wirklich betroffen zu sein von dieser Entdeckung, kein Anflug von Hohn in seiner Stimme, als er fortfährt: „Es gibt nur ein Problem: Der Inspektor hat keine Romane gelesen, und ihr Kulturleute lest keine Akten."

Mit dem Schreiben habe Jack einen Weg gefunden, wie er sein Innerstes enthüllen könne, ohne verdächtig zu werden. Thomas Mann, der privateste Geheimnisse im metaphysischen Kaninchenbau seiner Werke versteckt hat, sprach von den „diskreten Formen und Masken", in denen er mit seinen Erlebnissen unter die Leute gehen könne. In „Fegefeuer" konnte sich Jack Unterweger in aller Öffentlichkeit camouflieren und, geschützt von literarischen Konventionen, sein wahres Ich ausleben: „Exhibitionistisch ist das Ganze, es ist irgendwie eine Deklaration, das Freilegen eines Körpers, was man vielleicht, wenn man ganz bewußt sagt, das bin eh ich, gar nicht machen würde." Das erzählte er 1983 dem ORF. Dem Inspektor erzählte er nichts.

1983 wurde Jacks Jahr – das Jahr, in dem sich alles für ihn wendete. Er war so siegessicher, dass er in „Fegefeuer" sogar auf den Mord anspielte, für den er nie angeklagt wurde.

Der Verlag veröffentlichte „Fegefeuer" als Roman, aber wir Schriftsteller haben es als eine Art literarische Autobiografie gelesen. Die Geschichte eines ungeliebten, einsamen Kindes.

Vom Erzeuger wurde nur der Name bekannt. Der GI kam aus Triest, zuhause war er in New Jersey. Vielleicht gab er dafür begehrte Dollars, Trockenmilch und Seidenstrümpfe, vielleicht war es die große, zum Scheitern verurteilte Liebe zwischen dem Soldaten und dem Mädchen, das noch zu jung und mittellos war, um mir Mutter zu sein.

Eine ergreifende Erzählung aus den 1950er-Jahren, als der Verfasser beim Großvater in einer Holzhütte im abgelegenen Wimitztal in Kärnten aufwuchs. Dort ist der Junge dem Großvater ausgeliefert, in dieser Keusche, die zwischen Schotterstraße und Waldhang eingezwängt war. Mit zwei bewohnbaren Zimmern, Stube und Schlafzimmer.

Die Stube war auch Küche, Schnapsbrennerei und oft mein nächtlicher Aufenthaltsort. Das Schlafzimmer war niedrig, das einzige, breite Ehebett, selbstgebaut wie alles andere und mit Strohsäcken ausgestattet, dominierte. In diesem Bett schliefen wir alle, manchmal lagen wir zu sechst dort und waren froh, wenn wir aufstehen konnten.

Die Hütte stehe noch, erzählt mir Herwig. Aber sie sei sehr verfallen. Natürlich sei er hingefahren, habe sich Zugang verschafft, um herumzuschnüffeln. Es war beklemmend eng, und es herrschte ein wahnsinniges Durcheinander. Im Schlafzimmerschrank hingen vermoderte Lodenmäntel; gegenüber in der Küche, die gleichzeitig das Wohnzimmer war, häufte sich schmutziges Geschirr. Während Herwig erzählt, greift er nach seiner Aktentasche und zieht ein Souvenir hervor, das er unter all dem Müll und den Spinnweben gefunden hat: ein vergilbtes Tarock-Kartenspiel. „Seite 10“, sagt Herwig und deutet auf die Ausgabe von „Fegefeuer“, die auf dem Tisch liegt. Ich beginne zu lesen:

Meine Augen brannten von dieser rauchgeschwängerten Luft in der niederen unbequemen Stube. Die Frauen tratschten, machten sich wichtig, die Männer spielten Karten. Ich war ihr Haus- und Hofnarr, Sklave, vom Großvater zum Betrugskomplizen ausgebildet und eingespannt. Ich saß auf seinem Schoß, spielte den Unwissenden, später wechselte ich auf den sympathischeren Schoß des unbekannten Onkels über und verriet sein Kartenblatt an den Opa. Ich war sein As im Ärmel. Seine Fäuste waren meine Lehrer. Und ich war ein guter Schüler.

Na gut, da hat der Herr Journalist aus Deutschland also mal wieder den Jäger des verlorenen Schatzes gespielt und ein Kartenspiel aus der Höhle des Bösen mitgehen lassen. Es bereitet ihm offensichtlich eine diebische Freude, solche Requisiten neben den Text zu halten, aber was beweist das schon? Herwig scheint meine Skepsis zu bemerken und zieht das nächste As aus seiner Aktentasche: ein kleines Holzpferdchen, mit einfachsten Mitteln aus groben Holzresten zusammengezimmert, am Kopf eine dünne Mähne aus Ziegenhaaren. Ein Spielzeug, so rührend und schlicht, dass es schon wieder ergreifend ist.

Der Großvater, das Monster aus „Fegefeuer", habe den Jungen in Wahrheit vergöttert, erzählt Herwig, er habe ihm Holzspielzeug geschnitzt und sich liebevoll um ihn gekümmert. Das habe er selbst von einer Zeitzeugin gehört. Es habe ihn einige Zeit gekostet, die alte Frau zu finden. Charlotte Auer sei ihr Name, sie wohne nur ein paar Autominuten entfernt von der verfallenen Hütte, in der sie vor sechzig Jahren gemeinsam mit ihrer Mutter, Jack und seinem Großvater gelebt hatte.

Ihre Mutter Maria war damals die Lebensgefährtin von Jacks Großvater Ferdinand Wieser und eine Art Ziehmutter für den Jungen, den alle „Hansi“ nannten. Das Leben damals im Wimitztal sei hart gewesen, hatte die alte Frau erzählt, aber so schlecht nun auch wieder nicht. Und der Hansi?

Er war ein lieber Bub. Wirklich. Er war ein hübscher Bub. Aber später, wie er in die Schule gekommen ist, hat es angefangen eigentlich. Er wollte überall glänzen oder alles kriegen. Aber wenn er das nicht gekriegt hat, dann hat er das Gegenteil angerichtet. Er wollte glänzen. Er wollt immer der Erste sein. Der Beste. Der Gescheiteste. Er war nicht dumm.

23 Jahre lang lebte Maria mit Ferdinand Wieser zusammen. Solange sie den Alten umsorgte, ihm den Haushalt machte, solange ging es auch dem Hansi gut, hatte Charlotte Auer erzählt.

Es mag schon so gewesen sein, gab Herwig zu, dass Ferdinand Wieser ein cholerischer Alkoholiker war, der zu Hause Angst und Schrecken verbreitete. Aber während Charlotte Auers Mutter Maria noch im Haus war, schien Jack sicher gewesen zu sein. Irgendwann hielt sie es aber auch nicht mehr aus und verließ den Alten. Nun musste der Junge den Großvater bedienen. Und das gefiel dem selbstbewussten Hansi gar nicht. Schließlich war er bei einem Mann aufgewachsen, der sich immer bedienen ließ, vor allem – logisch – von Frauen. Einem Mann, der Frauen verachtete und schlug und sich einfach nahm, was er wollte.

Niemand weiß, was der Großvater wirklich mit dem kleinen Hansi getan hat. Die einzige Quelle, die wir dafür haben, ist Unterwegers Roman. Die Erzählung seiner Kindheit ist obszön, wüst und pornografisch – als habe Unterweger sich von Günter Grass’ Helden Oskar Matzerath in der „Blechtrommel“ inspirieren lassen. Nein, übertroffen hat er ihn! Ich erinnere mich noch an eine Szene, die mich damals beim ersten Lesen ganz besonders erschüttert hatte. Darin zeigt der Großvater dem Ich-Erzähler Nacktfotos von einer Frau:

Für mich war die Frau auf den Fotos eine schöne, nackte Tante oder Oma, wie ich sie noch nie gesehen hatte. Und diese Vorstellung blieb in mir, bis mich Opa damit zu quälen begann. Zum ersten Mal erfuhr ich von einer Mutter, die ich haben sollte. „Wer ist das?" fragte ich ihn, als er gerade eine seltene gut gelaunte Minute hatte. „A Schlampe!"

Dann holt der Großvater die Bilder aus dem Rahmen.

„Nur die Schlampen hat keine Zeit für dich, noch weniger Geld, seit Jahren schickt sie mir nichts. Ich wird' sie schon einmal finden!" Von diesem Tag an waren die Bilder ein Grund für mich, sehr oft allein Zuhause zu bleiben. Jetzt sah ich ihn vor meinen Fotos, meiner nackten Mutter, ich haßte ihn dafür und noch mehr für alles andere.

Die Nacktfotos sind die ersten und einzigen Bilder, die der Erzähler von seiner Mutter hat. Von Jacks Mutter wussten wir nichts, aber was macht das schon für einen Unterschied? Im Nachhinein ist mir klar, dass Jack die Grenzen zwischen Dichtung und Wahrheit bewusst verwischt hat. Er fischte im Unklaren und servierte uns Bilder, wirkungsvoller als jede Wirklichkeit. Es wäre gar nicht nötig gewesen, dass Herwig mir die Bilder von Jacks Mutter zeigt, die er in einer alten Pappschachtel gefunden hat und die natürlich nichts mit der „Fegefeuer"-Fantasie gemein haben. Eine Handvoll Schwarzweißfotos von einer jungen Frau. Auf einigen trägt sie ein langes schwarzes Kleid, auf anderen einen Rock aus transparentem Stoff. Sie liegt rauchend auf einem Bett. Die Bilder Pin-ups zu nennen, wäre übertrieben. Nacktbilder sind es jedenfalls nicht.

Der Autor von „Fegefeuer“ hat sich dichterische Freiheiten genommen. Hatte Jack das gemeint, als er den Roman einen „Befreiungsschlag“ nannte? In einem Interview erklärte er 1983, das Schreiben sei seine Rettung gewesen:

Schreiben war damals zu dieser Zeit 1978, 79, 80, war es für mich nicht eine Selbsttherapie, sondern das war eine notwendige Selbstzucht, weil das „Fegefeuer“ ist für mich nicht ein Roman, der da jetzt veröffentlich wird aus kommerziellen oder was weiß ich für Gründen immer oder wie es die Leute sehen, Unterhaltung, sondern für mich war das „Fegefeuer“ auch ein gewisser Befreiungsschrei. Dass ich mich mit „Fegefeuer“ ... Da drinnen sind jene Punkte, die mich belastet haben, von familiären Angelegenheiten bis zu den sexuellen Bereichen hin bis zu den juristischen Ungerechtigkeiten.

Was ihn belastet – der Mord an Margret Schäfer, die anderen Taten, sein gespaltenes Ich –, all das hat er clever im Roman verpackt und versteckt, ein paar Körnchen Wahrheit drübergestreut und dem Ganzen die Bedeutung gegeben, mit der er maximal Aufmerksamkeit und Mitleid bekommt. Und natürlich Fanpost:

Was Dein Buch angeht, muß ich Dir sagen, die erste Hälfte, wo Du über Deine Kindheit schreibst, war so schrecklich, daß ich geweint habe. Hatte auch keine schöne Kindheit (davon später einmal) aber so etwas hätte ich mir nie erträumen lassen.

Das schreibt die 23-jährige Ursula S., Prostituierte in Wien, 1983 an Jack. Sie sitzt im Frauenknast, weil sie ihren Zuhälter in einem Café am Praterstrich erstochen hat, nachdem der sie geschlagen hatte. Sie ist nicht die einzige Verehrerin. Seine spätere Freundin Bianca Mrak fand nach Jacks Tod viele Aktenordner mit Briefen. Liebesbriefe von Frauen aus allen Schichten der Gesellschaft:

Da waren Namen drauf, Frauennamen, und er hat gesagt, das ist alles seine Korrespondenz aus dem Gefängnis, die hat er mitgenommen. Da waren Liebesbriefe dabei, da waren teilweise Unterhöschen dabei, da waren Haarlocken dabei. Nacktfotos, angezogene Fotos, eindeutige Fotos, Pornofotos. Da war alles dabei.

Unter seinen Brieffreundinnen sind eine Unternehmersgattin, eine Schauspielerin des Burgtheaters in Wien, eine schwedische Professorin. Und eine Klosterschwester, die sogar ihr Schweigegelübde bricht, um heimlich in ihrer Zelle ein Mixtape für ihn aufzunehmen.

Ich habe Dein Foto von Dir vor mir. Kriegst ein Bussi auf die Nasenspitze. Vielleicht hast Du es gespürt. Ja Jack, vielleicht geht es Dir jetzt auch so, wie es mir gegangen ist, dass ich so neugierig geworden bin auf deine Stimme … Das ist wunderbar, diese Offenheit und das Vertrauen so gegenseitig, dass das plötzlich da ist zwischen Menschen … Weißt, Jack, ich muss dir ganz ehrlich sagen, nachdem ich jetzt dein Buch gelesen habe, ich habe es ja am Mittwoch von Dir gekriegt und da eine ganz tiefe Freude gehabt darüber, auch über deinen Brief … Das ist wunderbar, diese Offenheit und das Vertrauen so gegenseitig, dass das plötzlich da ist zwischen Menschen. Und du hast das Buch mit Vorbehalt zu mir geschickt und du hast ja auch Recht gehabt dabei. Ich habe mich gleich darüber gestürzt und du hast mehrere Stunden in den letzten Nächten immer bei mir, beim Lesen deiner Lebensgeschichte warst du immer ganz nahe bei mir.

Man müsse sich schon fragen, bemerkte Herwig süffisant, wie weit die fromme Frau bei der Lektüre der Lebensgeschichte ihres Brieffreundes wirklich in seinen Text vorgedrungen sei.

Vielleicht bis zu der Szene, in der der Erzähler auf einem Wiesenfest eine junge Frau trifft, die auf sein Zimmer kommt und mit ihm Sex hat?

Ich begleitete sie hinterher nach Hause, wieder in meinem Zimmer, bei angedrehtem Licht, wurde ich blaß, dann lachte ich: Die Bettlaken waren voller roter Blutstreifen! Kein Wort war über ihre Lippen gekommen, ihr Benehmen war mir nicht aufgefallen, ich wollte ihren Körper, mehr nicht, jetzt gab es eine Erklärung für ihr Verhalten. Ich erinnerte mich an Bewegungen, die ich mit Gewalt zurechtrückte, um mein Ziel zu erreichen, vor ihrem Haustor sprach sie von Liebe.

Blut, Gewalt, Schweigen. Wie nah kann man sich einem Erzähler fühlen, der mit solch empathieloser Kälte eine Vergewaltigung beschreibt?

Der psychiatrische Sachverständige Klaus Jarosch hatte Jack während des Mordprozesses 1975 als gemütsarm, leicht reiz- und erregbar und enorm aggressiv diagnostiziert: „Es handelt sich bei dem Untersuchten um einen gefühlsarmen, explosiven, aggressiven Psychopathen." Er suche weniger den Geschlechtsverkehr als solchen, sondern wolle möglichst viele Frauen kennenlernen und sei auf dem besten Weg, ein unverbesserlicher Gewohnheitsverbrecher zu werden. Rückfälle, schloss Jarosch, seien „mit Sicherheit zu erwarten".

Das Heimkind, der Außenseiter, der nicht mitspielen durfte, der nie dazugehören wird, wollte sich rächen für die Ablehnung, die ihm seit frühester Kindheit widerfahren war. Sein Strafregister war bei seiner Verhaftung 1974 lang: Einbruchdiebstahl, Entführung Minderjähriger, Nötigung, Vergewaltigung, Körperverletzung, Zuhälterei. 1974 dann der Mord, für den er in Salzburg zu lebenslanger Haft verurteilt und nach Stein überstellt wurde. Einen Mord kann man nicht ungeschehen machen. Aber für Reue hatte er keine Zeit. Reue konnte er sich nicht leisten, wenn er im Gefängnis überleben wollte.

1989 besuchte der Journalist Peter Huemer Jack in der Justizanstalt Stein und führte ein langes Radiointerview mit ihm. Ein ganz ausgezeichnetes Interview, das der geschätzte Kollege da geführt habe, lobt Herwig. Einfühlsam, gar nicht mal so unkritisch. Es gehe auch um Gewalt. Er legte die Kassette ein und drückte Play:

Huemer: „Das ist das, was sie ich ihrem zweiten Roman „Va banque" einmal bezeichnen als Aggression, Wut, Ohnmacht und Allmacht."

Unterweger: „Das ist das Richtige, weil in dem Moment, wo man Angst verbreitet und sieht den anderen dann ängstlich zittern, kriegt man ein wahnsinniges Siegergefühl, obwohl man weiß, dass man etwas schweinisches gemacht hat. Aber man kann sich, obwohl man jede Handlung beobachtet ...

Huemer: „Ein Siegergefühl?"

Unterweger: Ja, man beobachtet, wie man den quält, wie man den bedient und wie der leidet darunter und man kann sich nicht zurückhalten mehr, man hat nicht mehr diese geistige Kraft, obwohl man sieht wie die Hand auf den hinfährt. Aber man kann sich nicht mehr zurückhalten, weil man den Kanal nicht gefunden hat."

Wieder spricht Jack von sich in der dritten Person: „man" sieht, „man" kann, „man" findet. Es klingt künstlich distanziert. Und was er sagt, ist schon ziemlich erschreckend: Dass das Quälen eines Menschen ihm ein Siegergefühl verschafft, einen Kick, die narzisstische Aufwertung des eigenen Egos.

Wenn man das unbefangen hört, könnte man meinen, dass hier ein sadistischer Psychopath über seine Taten spricht. Aber nein: Es geht ja um Literatur, um Fiktion, um einen Roman mit dem Titel „Va banque", den Unterweger 1988 veröffentlicht hat.

Der Begriff „Va banque" beschreibt einen Einsatz im Glücksspiel, einen hochriskanten Spielzug. Und nicht nur Jack setzte alles auf eine Karte, sondern auch seine Förderer in der Justiz. 1989 war er seit fast 15 Jahren in Stein inhaftiert, die Bedingung für eine frühzeitige Haftentlassung war erfüllt. Es sah gut aus für Jack.

Er ließ sich vermarkten als geläuterter Mörder und „Häfenpoet", als Verfasser tiefschürfender Läuterungslitaneien wie dieser:

ICH
will ich bleiben
gar nicht was anderes
vielleicht was besseres
werden
bei diesem Versuch
sind schon viele
übergeschnappt
raumlos abgestürzt
ins Dunkle
einer Morgana
bodenlos zu sein
und sich dabei auch noch sehen
eine Perversion
ich bin zufrieden
wenn ich ich bleibe
in all den Jahren
Kerkerhaft

Herwig hat mir den Koffer mit Jacks Kassetten und seinen Rekorder dagelassen und gespottet: „Sie können sich ja am Schreibtisch festbinden, wenn Sie Angst vor diesem sozialromantischen Sirenengesang haben." Er spürte, dass meine Neugier größer sein würde als die Scheu, nach all den Jahrzehnten noch einmal der Stimme von Jack zu lauschen. Immer wieder habe ich mir in den vergangenen Wochen die Aufnahme vom September 1983 angehört, als Jacks große Lesung in der Justizanstalt Stein stattfand. Wir hatten damals nur Ohren für das, was wir hören wollten: Beichte, Wandlung, der Beginn einer Heldenreise aus dem Zuchthaus in die Freiheit. Aber wollte er sich wirklich ändern? Oder uns alle glauben lassen, er sei ein anderer geworden?

Inzwischen überkommen mich Zweifel, wenn ich ihm zuhöre. Was er da vorliest aus „Endstation Zuchthaus", das scheint mir heute wie eine trotzige Ansage an uns alle, die wir einen Frauenmörder dressieren wollten: „Wehe, wenn ich draußen bin, habe ich den Vernünftigseinbeibringern immer zugerufen, dann könnt's was erleben ..."

Ich hatte angenommen, dass das Schreiben für Jack eine Art Therapie war. Vielleicht keine große Kunst, zugegeben. Aber wahr, authentisch, heilsam. „Haben Sie nie in Erwägung gezogen", gab Herwig in etwas umständlichem Inspektorendeutsch zu bedenken, „dass Schreiben auch eine Art Tatmittel sein kann, wie eine Waffe?" Die Fortsetzung von Verbrechen in der Fantasie? Getarnt als Bewältigungsarbeit, gehüllt in den Deckmantel der Literatur.

Was geht in einem sadistischen Sexualtäter vor, wenn er jahrelang in eine Zelle eingesperrt wird? Wohin mit den Fantasien in seinem Kopf? Mit der Aggression, mit den sadistischen Neigungen? Herwig beginnt, einen Ausschnitt aus Jacks Buch „Kerker" vorzulesen, das kurz nach seiner Freilassung im Jahr 1990 erschienen war:

Ich stieg aus, ging um den Wagen herum, öffnete die Beifahrertür und zog ihn ins Freie, hinein in die Nachtfrische. Aus mir brach hassender Zynismus. Ich spuckte und trat gegen ihn, unterbrochen von Hasstiraden. Mein Körper fühlte sich verspannt an, als wenn Ameisen in mir wären, und ich wollte ihm vieles sagen, was ich dann doch unterdrücken konnte, um mich nicht zu verraten. Ich bearbeitete ihn, ohne ihn zu sehen. Er war noch ein Objekt. Ich beobachtete mich in greller Schärfe, und die Bewegungen spielten im Zeitlupentempo irreale Ereignisse ab. Die zackigen Handgriffe wurden von schrillen Schreien begleitet, ich konnte mich nicht beruhigen. Ich hörte ihn und verstand nicht, was er sagte. Fast zu spät spürte ich den Druck der gefüllten Blase, erste Nässe sickerte in die eigene Hose. Mit dem Rest spielte ich Köter und benützte seinen nackten Leib als Baumstamm.

Herwig legt das Buch zur Seite und sieht mich erwartungsvoll an. Ich sage nichts. Drogen, Blut und Tränen, mehr war da nicht gewesen.

Im November 1989 wurde Jack zur Vorbereitung seiner Entlassung von der Justizanstalt Stein nach Wien verlegt. Seine Geliebte, eine Unternehmergattin, bereitete seinen Neuanfang in Freiheit vor, organisierte eine Wohnung, ein Doppelbett mit Futon-Matratze, einen LKW, um Jacks persönliche Dinge abzuholen, die bei verschiedenen Freunden in ganz Österreich eingelagert waren. Am Mittwoch, dem 23. Mai 1990, war es so weit: der Tag der Freiheit für Jack Unterweger.

An diesem Tag gab Jack dem Österreichischen Rundfunk ein Interview. Als der Moderator erklärte, dass Jack sich seine

Freiheit buchstäblich erschrieben habe, gab der ihm recht: „Das ist ein richtiger Satz, denn ich wäre sicher heute nicht in Freiheit, wenn ich kein Buch geschrieben hätte, obwohl ich gar kein anderer Mensch deshalb wäre."

Der Radiomoderator schien ebenso wie wir von der Resozialisierung des Frauenmörders überzeugt, der sich im Häfen zum Schriftsteller verwandelt hatte.

Nur seine einstige Förderin Sonja von Eisenstein wandte sich noch während Unterwegers Haft von ihm ab und versuchte, die Öffentlichkeit vor ihm zu warnen. Aber da war es bereits zu spät, und der Aufstieg Jack Unterwegers zum Liebling der Wiener Schickeria war nicht mehr aufzuhalten. Der „Häfenpoet" stand im Rampenlicht und lächelte in die Kameras der Fotografen.

Oberst Zach war einer der wenigen, die Unterweger nicht über den Weg trauten. Aber auch er war machtlos gegen den Druck der Öffentlichkeit. „Die Öffentlichkeit, diese unbekümmerte Öffentlichkeit, die dank ihrer Persönlichkeiten, ihres Einflusses gearbeitet haben in der Sache, die haben Unterweger schlicht und einfach freigepresst." Zach sprach sich im Berufungsverfahren gegen Unterwegers Freilassung aus – aber er wurde überstimmt. „Mit der Sprache muss man vorsichtig umgehen", sagte er rückblickend. „Man darf die Wirkung der Sprache nicht unterschätzen. Ich geh so weit: Sprache kann töten."

Als der Moderator Jack in dem besagten Interview fragte, was er in 15 Jahren Gefängnisaufenthalt gelernt habe, antwortete er: „Gelernt? In Prinzip bin ich gefährlicher als vor der Haft, weil ich ja das Denken gelernt hab und das Wort als Waffe verwenden kann."

II. Paradies

Es gibt keinen poetischeren Gegenstand
als den Tod einer schönen Frau.

~~Jack Unterweger~~
Edgar Allan Poe

Ich muss gestehen, dass mir Herwigs Hausaufgaben nicht geheuer sind. Ich habe mich immer davor gehütet, im Liebesleben anderer zu wühlen. Eine Scheu, die ihm als Journalisten völlig fremd zu sein scheint.

Jacks Tagebuch von 1989 bis zur Freilassung liest sich wie eine Aneinanderreihung von Siegesmeldungen. Wie in der Pubertät jagt ein erstes Mal das nächste und wird mit Datum ins Poesiealbum geheftet: Brustwarzen werden in die Hand genommen, Hände gehen zwischen Beine, Muschis werden gedrückt und Zungen geküsst. Zone für Zone erobert er den weiblichen Körper für sich zurück. „Gier frißt Schönheiten." Ficken daheim, ficken im Puff, ficken im Kinderhort am Südtirolerplatz. Räume, Matratzen am Boden, Spielzeug, schmutziges Geschirr, Hauptsache ungestört. Mütter: Das Traummännlein kommt auch zu euch.

Beim Akt beobachtet er sich selbst und führt hinterher Protokoll: Gute Kondition, Gefühl, „aber zeitweise keine echte Geilheit". Der Schwanz ist steif, immerhin, aber er kann nicht spritzen. Er kommt erst, als er einen geblasen bekommt – „zum ersten Mal in Freiheit seit dem 16. Januar 1975!!" Das sind die Jahrestage, die er in all den Jahren nie vergessen hat. Danach: Kopfschmerzen.

Nach seiner Verhaftung 1974 musste Jack sich in seiner Zelle notgedrungen „vom Ficken aufs Philosophieren" verlegen, wie Herwig das nennt. Damals schrieb Jack auf, wie er über Frauen dachte:

„Es gibt keinen poetischeren Gegenstand als den Tod einer schönen Frau. Frauen sind wie Käseauflauf, frisch aus dem Ofen sind sie außen knusprig und frisch, aber die Füllung ist noch nicht reif und schwer verdaulich. Wenn sie älter werden, ist vielleicht die Kruste nicht mehr so anschaulich, dafür kommt nun endlich die Füllung zur Geltung. Es gibt ein Alter, in dem eine Frau schön sein muss, um geliebt zu werden, und dann kommt das Alter, in dem sie geliebt werden muss, um schön zu sein."

Der erste Satz ist bemerkenswert, zumal er aus der Feder eines verurteilten Frauenmörders kommt. Aber nein: Er stammt von Edgar Allan Poe. Die frauenverachtenden Sentenzen und hausbackenen Metaphern, die darauf folgen – die sind original Jack. „Töten kann er, schreiben nicht", sagt Herwig. Jack Unterweger: Fressfreund der Frauen.

Fünfzehn lange Jahre später öffneten sich die Gittertüren des Raubtierkäfigs wieder – und Jack entwich in die Freiheit. Ein „gierig fressendes Individuum" – seine eigenen Worte! –, das sich holen will, was es lange nicht hatte: Sex, Aufmerksamkeit, Erfolg, Reisen.

Es war ein Trip mit Ablaufdatum. Später prahlte er damit, dass er in 651 Tagen Freiheit mit 121 Frauen geschlafen habe. Eine Sonderkommission der Polizei wird bilanzieren, dass die älteste 65, die jüngste gerade mal 16 Jahre alt war. Es war ein Leben wie im Rausch, und Jack nach seiner Entlassung ein gefragter Mann. Auf der Bühne und im Bett.

Er fuhr durchs ganze Land, Wien, Graz, Klagenfurt, Villach, Amstetten, las in Buchhandlungen und Schulen,

Cafés und Studentenwohnheimen. Und er hatte ein Image, das er kultivierte: Als Liebling der Wiener Schickeria fuhr er einen weißen Sportwagen und trug einen weißen Anzug. Er zog Journalistenschwärme wie Fliegen hinter sich her. „Der Biron war auch unterwegs mit ihm", sagt Herwig. „Aber Jack ist ihm irgendwann mit seinen Floskeln auf die Nerven gegangen, dem feinsinnigen Tintenficker." Die Ausdrucksweise, dieses Aufgeilen mit plumpen Wörtern, wenn Jack von Prostituierten faselt, die ihm in die „Lenden knallen".

Als Jack Unterweger im Mai 1990 entlassen wurde, war Georg Biron Chefredakteur des Magazins „Free Life" und bekam das erste große Interview mit Jack. Die Frauen seien wie die Kaninchen vor der Schlange gewesen, behauptete Biron. Jack habe eine geradezu hypnotische Ausstrahlung auf bestimmte Frauen gehabt, völlig unabhängig, aus welchem Milieu. Er war eine Marke, ein eingetragenes Warenzeichen: Cool wie Jeans, abenteuerlich wie Marlboro. „Nicht Ihre Welt, was?", sagt Herwig, als ich ihn fragend ansehe: „Jack Unterweger, der Psychopath mit dem lyrischen Ich. Der Mörder als Minnesänger."

Herwig rezitiert ein Gedicht, mit dem Jack damals laut Biron Frauen aufzureißen versuchte: „Es zieht ein Wanderschwanz durchs Land, ein wahrer Vagabund. Ihn fesselte kein Herzensband, er lief und lief sich wund."

Nein, das ist nicht meine Welt. Deswegen ahnte ich natürlich auch nicht, dass sogar dieses schlichte Gedicht nicht aus der Feder des „Häfenpoeten" geflossen ist, wie mich Herwig sogleich belehrt, sondern aus jener des Wiener Schriftstellers Heinz Rudolf Unger.

Die andere Masche von Jack sei der Flirt als Mutprobe gewesen. In den besseren Kreisen von Wien sei damals ein Spruch kursiert: „Einmal mit 'nem Mörder schlafen." Aber nicht alle Frauen haben sich so leicht beeindrucken lassen von seiner Aufschneiderei. Herwig hat eine Frau namens „Sabine“ aufgetrieben – den wahren Namen verrät er mir nicht –, die gleich nach Jacks Entlassung eine Affäre mit ihm hatte. Die habe sich heute noch gewundert, warum sie mit einem Typen wie Jack überhaupt mitgegangen sei. Eigentlich sei der ein Anti-Mann gewesen. Überhaupt nicht ihr Beuteschema. Sie wäre gar nicht mit ihm mitgegangen in der Nacht damals, wenn sie nicht so betrunken gewesen wäre.

Zuvor hatte Jack in der Alten Schmiede eine Pressekonferenz veranstaltet und aus seinen Werken gelesen. Danach wurde er live im ORF interviewt. Sabine war eine seiner ersten Eroberungen in Freiheit. Als sie in den frühen Morgenstunden des 23. Mai in der Reiss-Bar landete, saß nur noch ein Gast am Tresen, ausgerechnet auf ihrem Stammplatz. Herwig macht eine Flasche Veltliner auf, schenkt uns beiden ein, und erzählt mir die Geschichte so:

Das geht ja überhaupt nicht, denkt sich die Sabine und pöbelt Jack an, er solle von ihrem Platz verschwinden. Der Kellner zieht sie zur Seite: Reg dich bitte ab und setz dich woanders hin. Es ist eh gleich Sperrstunde. Weißt du nicht, wer das ist? Aber Sabine ist so betrunken, dass es ihr vollkommen egal ist, ob der Papst auf ihrem Stammplatz sitzt. Jack ist fasziniert. Als er ihr den Platz anbietet, bemerkt sie erst, wie klein er ist.

„Du bist der Jack Unterweger, sagt mir nichts.“ Er ist irritiert. Hat sie wirklich noch nichts über ihn gehört? Weit nach Mitternacht sperrt der Kellner die Bar zu. Sabine und Jack gehen zu seinem Auto, das im Parkverbot steht, und Jack dreht sich zu ihr: „Traust dich zu einem Mörder ins Auto zu steigen?“

Und wieder eine Überraschung für Jack: Keine Spur von Angst in Sabines Augen. Als sie ihn kennenlernt, hat sie schon Schlimmeres erlebt als so einen dichtenden Frauenmörder, der mit seinem Bad-Boy-Image prahlt. Sie ist auf dem Land groß geworden, sie kennt den Geruch vom Blut abgestochener Schweine. Und sie hat einmal einen Menschen erschossen. Einen Einbrecher, den sie als junge Frau nachts in ihrem Haus überraschte. Den Geruch aus Blut, Pulver und Gedärmen, der nach dem Schuss in der Luft hing, den hat sie nie vergessen. Sie steigt zu Jack in den Wagen und verbringt eine Nacht mit ihm, die sie nie vergessen wird.

Der Sex sei gut gewesen, Jack so einfühlsam. Sie habe in der Nacht einen Orgasmus nach dem anderen gehabt. Tja, solche Männer gibt es selten.

Um drei Uhr morgens verschwindet Sabine aus Jacks Wohnung. Vier Stunden später klingelt die nächste Frau. Sie ist seine wahre Beatrice, sie hat ihm die Wohnung besorgt, den weißen Anzug geschenkt, sie zahlt ihm die Miete. Am 23. Mai 1990 fährt sie mit ihm ein letztes Mal in die Justizanstalt Stein, um seine Entlassungspapiere abzuholen.

Aus Sabines One-Night-Stand mit einem Frauenmörder wird eine Zwei-Wochen-Affäre, bei der sich Jack von seiner besten Seite zeigt. Das beginnt schon mit der Einrichtung seines Apartments. Ein schöner Altbau im 8. Wiener Bezirk, vollgestopft mit Büchern. Nach 15 Jahren in einer winzigen Zelle kann Jack sich endlich ganz in seiner Rolle einrichten. Schon der erste Eindruck macht deutlich: Hier wohnt nicht irgendwer, hier lebt ein Schriftsteller! Kein Krimineller, sondern ein Kopfarbeiter und Künstler. Ein feiner Mensch, findet Sabine.

Sie traut ihm nicht zu, dass er jemanden umgebracht hat. Der sanfte Jack, der kann keiner Fliege etwas zuleide tun. Man kann sich so gut mit ihm unterhalten über Gott und die Welt. Jack ist gebildet, seine Ausdrucksweise ist gewählt. Er ist so zuvorkommend und liebenswürdig, das kennt sie von anderen Männern nicht. Morgens geht er zum Bäcker und holt die Semmeln für das Frühstück Auch im Bett ist er wunderbar: kein Hauch von Gewalt. Stattdessen Blümchensex. Haare streicheln, Händchen halten, Flüstern.

Der zärtliche Jack sei nicht so wie andere Männer gewesen, sagt Herwig, das hätten ihm viele Frauen berichtet. Auch Margit Haas erlebte ihn von seiner sanften Seite. Sie nahm ihn einmal in ihr Stammlokal mit, das Motto, einen angesagten Wiener Nachtclub. Dort waren die Kellner schwul und fesch und auf den Toiletten liefen Pornofilme. Jack aber war vollkommen irritiert und verunsichert. Er habe etwas Feminines gehabt, meinte Margit, und die Aufmerksamkeit der schwulen Kellner habe ihm nicht behagt.

Doch es gab auch Dinge, die der neue Jack unbedingt geheim halten wollte. Sabine bemerkte schon bald, dass er Wert darauf legte, jeder der Frauen in seinem Leben das Gefühl zu geben, die einzige zu sein. In der „Seitenblicke"-Gesellschaft muss man ständig darauf achten, wer einen mit wem sieht. Am Ende war Sabine die ganze Geschichte mit Jack am Ende doch ziemlich egal. Als er sich nach ein paar Wochen nicht mehr bei ihr meldete, war die Sache für sie erledigt.

Zugegeben: Ich habe Jack nach seiner Freilassung und der Lesung in der Alten Schmiede eine Zeit lang aus den Augen verloren. Für sein Privatleben habe ich mich ohnehin nie interessiert. Jack habe wie ein Jongleur mit den Frauen gespielt, sagt Herwig. Die eine hier, die andere da und dann gab es noch einen Ort, den keine seine Liebhaberinnen kannte: den Straßenstrich.

Ein Mann wie Jack, der Dutzende von Affären hatte, denke ich mir, der sollte sexuell ausgelastet sein. Weit gefehlt, sagt Herwig. Genau dieses Argument habe Jack später in einer Polizeivernehmung gebracht als Begründung, dass einer wie er es überhaupt nicht nötig habe, zu Prostituierten zu gehen.

Aber seine Gier schien unersättlich. Der Biron sei mit Jack gemeinsam durch Rotlichtclubs getingelt und sei ganz neidisch gewesen, dass die Sexarbeiterinnen dort plötzlich feuchte Augen bekamen, weil Jack Unterweger im Club war. Er habe sogar eine von ihnen gefragt, wie denn der Unterweger im Bett sei. Ganz weich und zärtlich und devot und überhaupt nicht laut sei er gewesen, hatte die Frau geantwortet. Nichts als Liebesgeflüster und ein bisschen *dirty talking*. Ein Schmeichler, kein Rammler. Keine verborgenen Perversionen, keine Knebel- und Fesselspiele, kein Auspeitschen. Selbst im Bordell benahm sich Jack artig.

Der Rotlichttreff lag in der Felberstraße, direkt neben den Bahngleisen im 15. Wiener Bezirk. Ein paar Meter stadtauswärts begann damals der Straßenstrich. Dort stehen die Prostituierten, die ganz unten in der Hackordnung sind. Sie arbeiten nicht in einem Club, haben kein Zimmer, sondern müssen zu den Kunden ins Auto steigen. Sie arbeiten allein, an der Bordsteinkante, draußen in der Nacht.

Und dann ist passiert, was die Stadt bald in Unruhe versetzen sollte.

Am Pfingstmontag, dem 20. Mai 1991, wurde die erste Leiche im Wienerwald gefunden. Vom Parkplatz des Restaurants Schottenhof ein paar Schritte in den Wald hinein. Ein Spaziergänger hatte sie entdeckt. Drei Tage später fand man die nächste Leiche: Eine Frau, die im Wienerwald nach Kaninchenfutter gesucht hatte. Der Täter hatte ihr Gesicht mit einem stumpfen Gegenstand zertrümmert, sie dann mit ihrem eigenen Trikot erwürgt und den leblosen Körper mit dem Gesicht nach unten auf dem Waldboden liegen gelassen. Quer über ihren Kopf hatte er einen Ast drapiert. So markierte der Mörder seine Opfer.

Doch diesmal hatte der Täter einen Fehler gemacht, er hatte eine Spur hinterlassen: Am Tatort fand die Polizei die abgerissene Spitze eines Latexhandschuhs, wie ihn Mediziner benutzen.

Obwohl er weiß, wie sehr mir Gewalt zuwider ist, erzählt Herwig mir jedes Detail – ich weiß gar nicht, wie viele Abende wir dafür gebraucht haben. Bei Mord und Totschlag ist er in seinem Element. Ermittlungsakten liest er wie ich Romane. Ich solle mitschreiben und froh sein, meint Herwig, mal über meinen „künstlerischen Tellerrand" hinausschauen zu können. Herwig beginnt seinen Bericht mit dem ehemaligen Leiter der Wiener Mordkommission, Ernst Geiger, mit dem er erst vor Kurzem einige schöne Nachmittage und Abende verbracht habe.

Im Mai 1991 ahnte Geiger noch nicht, dass ihm der größte Fall seiner Karriere bevorsteht. Der promovierte Jurist, der wie ein Schweizer Uhrwerk spricht, zuverlässig und bedächtig, war damals stellvertretender Chef des Wiener Sicherheitsbüros und zuständig für Kriminaltechnik und Fahndung. Eine der Neuerungen, die er dort einführte, waren die „Tatortgruppen": Ermittlerteams, die sich gezielt um die Sicherung und Auswertung von Tatortspuren kümmern. Die Wiener Kriminalpolizei hatte zu dieser Zeit sogar schon ein System für automationsgestützte Auswertung von Fingerabdruckspuren.

Aber mit einem Serienkiller hatte es Geiger noch nicht zu tun gehabt. Auch mit der neuen Technologie der DNA-Forensik hatten er und seine Ermittler keine Erfahrung. Geiger und sein Team brauchten dringend eine Fortbildung in Sachen Serialkiller. In den Wiener Kinos lief gerade der passende Film zum Thema: „Das Schweigen der Lämmer" mit Anthony Hopkins als Dr. Hannibal Lecter und Jodie Foster als FBI-Ermittlerin Clarice Starling.

Der Kinobesuch inspirierte Geiger und seine Kollegen aus der Sonderkommission. Sie knüpften Kontakt zu den amerikanischen Kollegen der Behavioral Science Unit des FBI.

Auch Jack war offensichtlich vom „Schweigen der Lämmer" fasziniert. „Der hat ihn gleich viermal im Kino gesehen", erzählt Herwig. Unter anderem am 28. April 1991. In der gleichen Nacht sei in Wien die Prostituierte Regina Prem getötet worden. Am 6. Mai 1991 sendete der ORF dann eine aufsehenerregende Reportage über die Angst im Rotlichtmilieu. Herwig findet diese Aufnahme so wichtig, dass er sie mir mehrmals vorspielt. Sie beginnt so:

„In Vorarlberg fiel im Dezember des Vorjahres eine Prostituierte ihrem Mörder in die Hände. Im Wiener Raum wurden vier Prostituierte ermordet aufgefunden. Von zwei weiteren, von denen anzunehmen ist, dass sie ebenfalls entführt oder bereits ermordet worden sind, fehlt jede Spur."

Der Reporter, der hier berichtet, war kein anderer als unser Jack Unterweger. Mit dem erfahrenen Frauenmörder hatte der Österreichische Rundfunk einen ausgewiesenen Experten angeheuert. Ein Mann für alle Fälle, muss man sich in der ORF-Redaktion gedacht haben, gerade für solche: „Er kennt das Milieu", heißt es in der Anmoderation seines Beitrags.

„Seine eigene Tante ist 1967 von ihrem letzten Kunden ermordet worden." Was offensichtlich eine Erfindung war, wie Herwig herausgefunden hat. Die tragische Geschichte von seiner „Tante Anna" hatte sich Jack wohl schon während seines Prozesses 1975 ausgedacht, nachdem er in einem Zeitungsartikel über den Namen gestolpert war. Wahr ist: Eine Frau namens Anna Unterweger wurde ermordet. Aber sie war weder Prostituierte noch mit ihm verwandt.

Nun war Jack selbst im Nachrichtengeschäft als Reporter vor Ort.

Am 3. Juni 1991 um 23 Uhr fuhr er in seinem weißen Ford Mustang mit dem Kennzeichen „W JACK 1" den Straßenstrich im 15. Wiener Gemeindebezirk auf und ab – im Auftrag des Österreichischen Rundfunks. Er soll eine Reportage über die Angst gestalten, die seit den Morden im Rotlichtmilieu herrscht.

Ein leichter Regen geht auf die Felberstraße nieder, es herrscht wenig Verkehr. Eine Prostituierte steigt zu ihm in den Wagen. In seinem Beitrag stellt Unterweger sie als „Susanne" vor und erklärt, dass sie wie die meisten ohne behördliche Genehmigung als Amateurin angefangen hat, aber seit drei Jahren offiziell bei der Polizei registriert ist. Ihre Stimme klingt hart, Susanne ist ein erfahrener Profi am Straßenstrich. Aber auch ihr ist das Unbehagen anzumerken.

Susanne: „Na jetzt hast du Angst natürlich, jetzt stehst du ganz unsicher da. Du glaubst bei jedem Auto, das stehen bleibt, das ist der Mörder. Ich mein, es gibt überhaupt kein Einsteigen bei uns mehr."

Unterweger: „Wie schützt du dich dagegen?"

Susanne: „Na du kannst dich nicht schützen. Passieren kann dir so oder so was auf der Straße. Ob das der Mörder ist, der da die ganzen umbringt, oder nicht. Passieren kann immer was. Das ist wurst.“

Unterweger: „Wie schaut es mit der Polizei aus?“

Susanne: „Na gar nichts. Mit der Polizei, die machen dann was, wenn was passiert. Dann ist aber eh schon zu spät.“

Unterweger: „Wie schaut es aus mit der Zusammenarbeit mit der Polizei?“

Susanne: „Na gar nichts. Die machen ja nichts. Bitte? Was für Zusammenarbeit? Die kommen daher, Deckel kontrollieren und das wars dann.“

In jedem Auto könnte der Mörder sitzen, sagt Susanne. Aber vor Jack Unterweger in seinem weißen Ford Mustang hat sie keine Angst. Sie hat, wie Unterweger den ORF-Publikum erklärt, einen gewissen Schutz, denn sie holt sich ihre Kunden von der Straße und geht mit ihnen ins Separee eines Clubs. Wenige Meter weiter spricht er Sabine an, die seit 14 Jahren am selben Platz steht, Ecke Äußere Mariahilfer Straße und Linzer Straße.

Sabine: „Wenn man das liest, ist einem schon irgendwie ungut und irgendwie rennt einem a Ganslhaut übern Körper. Aber man muss sich trotzdem weiterhin auf die Straßn stellen, weil die Zahlungen gehen ja weiter und man kann ja nicht zu Hause bleiben und warten, bis der erwischt wird.“

Unterweger: „Sie haben zwei der beiden Opfer persönlich gekannt. Die eigentlich auf dem Standplatz ihrem M-M-M-Möörder in die Hände gefallen ist.“

„Haben Sie das gehört?“, ruft Herwig ganz aufgeregt. „Der redegewandte Reporter Jack Unterweger, der Erfolgsschriftsteller stottert auf einmal – ausgerechnet bei dem Wort *Mörder!*“ Ist das keinem von euch aufgefallen? Hat niemand hingehört? Nicht mal die Polizei? Selbst der ehemalige Chef des Sicherheitsbüros, Hofrat Max Edelbacher, war baff, als Herwig ihm die Stelle vorspielte: „Das habe ich überhört. Das ist das Über-Ich, Sigmund Freud. Das Über-Ich hat ihm dreine gefunkt, da hat er eine Sperre gehabt."

Immerhin ahnte Edelbachers Stellvertreter Ernst Geiger nach den zwei Leichenfunden, dass er es mit einem Serienmörder zu tun hat und es nur eine Frage der Zeit ist, bis auch die Leichen der beiden anderen vermissten Prostituierten, Regina Prem und Silvia Zagler, auftauchen werden.

Was Geiger nicht ahnte: Er war dem Serienkiller schon einmal begegnet. Wenige Tagen zuvor. Auf dem Polizeipräsidium, als ein neugieriger Reporter in weißem Anzug Hofrat Edelbacher zu den Morden interviewte.

Aber noch zählten die Ermittler eins und eins nicht zusammen. Sie suchten einen Täter, der Schwierigkeiten im Umgang mit Frauen hat, sich im Strichviertel herumtreibt und Prostituierte ermordet. Alles sprach gegen Jack, den erfolgreichen Autor und Frauenschwarm (ich muss schon aufpassen, dass ich mir nicht die flapsige Sprache von Herwig angewöhne, so lange muss ich seinen Monologen schon zuhören). Jack lebte damals in einer schönen Wohnung im 8. Bezirk. Er hatte viele Freundinnen, Umgang mit Journalisten, war in der Kulturszene bekannt. Er inszenierte ein Stück im Vestibül des Burgtheaters, veranstaltete Lesungen und war immer in Gesellschaft attraktiver Menschen. Er stand im gleißenden Licht der Öffentlichkeit und hatte keine Schwierigkeiten im Umgang mit Frauen. Warum sollte er Prostituierte umbringen? Geiger und seinen Leuten schien der Gedanke absurd.

Inzwischen hatten die Ermittler Hinweise auf weitere Morde in Graz und Vorarlberg erhalten. Auch ein pensionierter Salzburger Kommissar namens August Schenner meldete sich bei der Wiener Mordkommission. Es war der Ermittler, der Jack 1983 im Gefängnis besucht und zu dem zehn Jahre alten Mord an Marica Horvath befragt hatte. Den Mord, von dem Herwig glaubt, dass Jack ihn in „Fegefeuer" verarbeitet hat. Schenner verdächtigte Unterweger in seinem Schreiben an Edelbacher, auch die Wiener Prostituierten ermordet zu haben.

Jack fühlte sich von dem alten Inspektor verfolgt. Er fürchtete, der Polizei als Sündenbock für eine ganze Litanei ungeklärter Mordfälle zu dienen. War es Verfolgungswahn, als er später in sein Tagebuch schrieb:

Gesichter, gezeichnet von Frustration, jagen mich, ihre Handlungen nahe der Hysterie, im Gefolge Journalisten, die daran verdienen, denen Wahrheit noch nie ein Grundprinzip war. Vorhang auf. Steh ich allein? In welchem Akt? Finale?

Von Mordermittlung habe ich keine Ahnung, aber Dramentheorie ist mein Spezialgebiet. Jacks Leben hatte alle Zutaten, die es für ein klassisches Drama braucht: Furcht und Schrecken, Verblendung und ein Held, der scheinbar unausweichlich seinem Schicksal in die Arme läuft. Eine antike Tragödie ... „aber in zeitgenössisches Rotlicht getaucht", unterbricht Herwig meine kleine Vorlesung, „mit Nutten und Zuhältern auf der Bühne, einem Chor aus Journalisten und Göttern in schwarzen Roben, die am Ende richten werden, wenn ohnehin alles zu spät ist".

Aber noch waren wir nicht beim letzten Akt.

Jack gilt als Musterbeispiel für einen resozialisierten Häftling. „Der Paradepudel für die Reformpolitik der österreichischen Justiz", spottete Herwig. Und Jack wusste, wie er sich in den Medien gut verkaufen konnte.

Kurz nach seiner Freilassung hatte er einen Auftritt im ORF-Fernsehen. Herwig besteht darauf, dass wir uns gemeinsam das Video der Talksendung „Club 2" ansehen: Sieben Gäste in unterschiedlich schlecht passenden Outfits sitzen eingequetscht auf braunen Clubmöbeln und rauchen und diskutieren ausführlich mit dem Moderator Günther Nenning über Gefängnisreformen. Nenning war ein bekannter österreichischer Journalist und damals ein wichtiger Förderer von Jack. Wir beide besuchten Jack in den Achtzigerjahren im Gefängnis, und Nenning setzte sich ebenso vehement wie ich für Jacks Freilassung ein.

In der Talkshow sitzt Jack ihm direkt gegenüber, als Stargast. Er trägt seinen weißen Anzug, im Knopfloch eine faustgroße rote Stoffblume. Alle Augen sind auf ihn gerichtet.

Bei seinen Radio- und Fernsehauftritten dozierte er gerne über große Themen wie Gesellschaft und Gerechtigkeit und über die Justizreform. Nur über den Mord, den er 1974 an der jungen Deutschen Margret Schäfer verübt hat, hat Jack immer merkwürdig distanziert gesprochen. Als habe ein anderer ihn verbrochen.

Für uns war trotzdem klar, dass er diese Tat bereut. Aber mit der Reue ist es nicht so einfach, wie Jack 1990 in einem Interview erklärte:

Man verkapselt sich, man wird irgendwo zum Eiswürfel, weil man überhaupt keine Ansprechpersonen in dieser Richtung hat, weil man ja überhaupt keine Wirkung hat. Im Gegenteil, das wird als Zeichen von Schwäche ausgelegt und das ist im Gefängnis unmöglich durchzustehen. Das heißt, man verkapselt sich zum Eiswürfel, bereut oder auch nicht, das muss jeder mit sich selber ausmachen.

Eiskalt wirst du im Knast, sagte er, jeder Anflug von Reue wird dir als Schwäche ausgelegt. Und da ist noch etwas anderes, das tief in ihm geschlummert haben muss. Ein anderes R-Wort, das sich viel mächtiger anfühlt: Rache.

Eines hatte ich bei meinen Besuchen in Stein gelernt: Das Gefängnis war eine Schule des Hasses. Es ist die einzige Schule, für die der junge Jack alle Voraussetzungen erfüllt hatte. Jahrelang hatte er die Gesellschaft von unten studiert und seinen Hass genährt auf die anderen, die sogenannten besseren Leute. Er selbst hat erstaunlich offen darüber gesprochen. In einem Interview von 1983 erklärte er, warum er in seiner Zeit als Zuhälter immer wieder junge Frauen aus gutem Haus verführt und dann auf den Strich geschickt hatte:

Es war irgendwo da, dieser Hass, dieses abgelehnt werden, wenn man sich irgendwohin vorstellt oder man kommt hin und will dort arbeiten, ja wer sein'S denn? Ich komm aus'm Heim. Na verschwinden'S, so einen können wir net brauchen. Und das hat natürlich diese Prägung, diesen ganzen Hass, Mädchen aus dem goldenen Nest führen und dann am Strich. Diese Mädchen waren praktisch nur Mittel zum Zweck, um die Eltern dieses gutbürgerlichen Hauses, dieser Mittelschicht und Oberschicht zu bestrafen.

Nach seiner Entlassung 1990 schien das endgültig Vergangenheit zu sein. Aus Rache wurde Genugtuung, aus Hass wurde Gier. Er wurde nicht mehr abgelehnt, im Gegenteil: Wir haben ihn gefeiert.

Jack war vom Fegefeuer ins Paradies gekommen.

In den zahlreichen Interviews nach seiner Freilassung gab er sich souverän und wortgewandt. Er spielte seine Rolle, er sagte den Text auf, den er hinter Gittern eingeübt hatte, auch wenn ihm dabei die Metaphern manchmal munter durcheinanderpurzelten:

Zwei Sachen hat der Mensch von Natur aus, nämlich Stolz und Charakter. Und wenn er die nicht hat, bleibt er ein schmieriger Esel, der ewig Slalom fahren will und dann danach auch lebt und früher oder später immer auf der Strecke bleibt. Wenn ich den Mut nicht habe, zu meinem Charakter, zu meinen Fehlern ebenso zu stehen wie zu den Stärken, dann werde ich es nicht schaffen, dann werde ich irgendwann anfangen, Kompromisse zu machen, und dann werde ich irgendwann nur mehr ein Wind sein.

Gehörte er wirklich dahin, wo er jetzt war? Passte diese Rolle überhaupt zu ihm? Er scheint selbst daran gezweifelt zu haben: Was, wenn der ganze Spaß so schnell vorbei ist, wie er begonnen hat – und die feinen Leute ihn fallen lassen? Was dann?

Was Jack in dem Interview sagt, klingt fast wie eine Selbstbeschwörung. Er redet da wie einer, der sich immer wieder selbst sagen muss: Pass auf, reiß dich zusammen, geh geradeaus und lass dich nicht in Versuchung führen, sondern erlöse dich von dem Bösen, das in dir steckt.

Hat er sich wirklich geändert im Gefängnis?

Einige seiner Briefpartnerinnen hätten ihn damals besser analysiert als mancher Psychologe, sagt Herwig. Er hat ihre Briefe gelesen, mehrere Aktenordner voll. Da sei zum Beispiel die bereits erwähnte Ursula gewesen, die als Prostituierte gearbeitet hatte, bevor sie ihren Zuhälter erstach und im Gefängnis landete. Sie schrieb Jack 1985 einen Brief:

In Freiheit hättest Du es nicht so einfach gehabt. Erstens ist da mal die Frage, ob Du aus dem Alltagstrott hinausgekommen wärest und zweitens – wenn ja – dann wärst Du heute sicherlich noch nicht so groß heraußen wie Du es bist. Schriftsteller gibt es wie Sand am Meer und Du bist einer von jenen wenigen, die tolle Publicity bieten können – nämlich den Häfen – der reuige Häftling und so. Das soll jetzt bitte nicht abwertend gemeint sein, und wenn Du ehrlich darüber nachdenkst, so musst Du mir recht geben, dass Dir der Häfen sehr viel gebracht hat und wäre es nicht so gekommen, dann wärst Du noch immer dort, wo Du warst, denn im tiefsten Inneren bist noch der ganz alte Jack.

Der alte Jack – das war ein anderer als der höfliche, zärtliche, wortgewandte Jack. Der alte Jack, das war der Mann, den wir nach seiner Freilassung eigentlich nur noch auf den Seiten seiner Romane zu finden glauben: egoistisch, gewissenlos, brutal. Sonst wäre das ja alles eine riesige Illusion gewesen, diese Sache mit der Resozialisierung durch Literatur. Dann wäre der Schriftsteller nur eine weitere Rolle des Jack Unterweger – vielleicht seine beste, weil sie sein wahres Ich so glänzend verbirgt. Das erschien uns natürlich absurd. Aber seine Brieffreundin Ursula schrieb ihm 1985 auch die folgenden Zeilen, die Herwig mir mit Nachdruck in der Stimme vorträgt:

Tja und weil man Dir dort im Häfen so nach und nach Dein eigenes Ich nahm bzw untergrub, so versuchst halt Deinem wahren „ICH", – mit dem aufgezwungenen ich als Tarnung – freien Lauf zu lassen. Ich glaube Du solltest Dich mal ganz intensiv mit Deiner wahren Identität beschäftigen, obwohl ich glaube, dass Du dann in den totalen Konflikt kommen wirst, mit Dir selbst, denn das was Du schreibst von wegen anpassen und so – entspricht nicht Deiner wahren Identität.

Es ist nicht von der Hand zu weisen: Ein Knastpoet ist in Freiheit nicht so faszinierend wie hinter Gittern. Schriftsteller gibt es da draußen wie Sand am Meer – und manche können sogar ganz gut schreiben.

Aber unser Jack hatte keine Zeit, sich mit sich selbst zu beschäftigen. 15 Jahre lang hatte er Tag und Nacht daran gearbeitet, aus dem Gefängnis herauszukommen. Und jetzt, im Rausch der Freiheit, rannte er wie ein Besessener vor sich selbst davon.

Und wenn die Vergangenheit mich überfällt,
wüte ich gegen mein Bewusstsein.
Ich vernichte das Damals,
solange ich mein Hirn
noch bewältigen kann.

Am 11. November 1990 sah ich mir die Premiere von Jacks Drama „Kerker oder im Namen der Republik" auf der Theaterbühne des Café Landtmann an. Das Stück wurde ein Achtungserfolg, aber sein einziger nach der Freilassung. Das Wiener Publikum, katholisch in der Vergebung von Sünden und doch auf die Sünden erpicht, umschwärmte den „Häfendichter" mit den Engelsaugen, wenn er in der Reiss-Bar, im Motto oder einem anderen angesagten Szenetreff Hof hielt. Je brutaler die Vorgeschichte, desto ergreifender die Wandlung.

Aber wollte er sich wirklich ändern? Ohne Sünden wird die Beichte langweilig, sagt Herwig, ohne Vergangenheit ist man ein Nichts. Solange Jack über sein kaputtes Leben schrieb, hingen wir an seinen Lippen und weideten uns an der existenziellen Entblößung. Diese Authentizität! Dieses Kribbeln im Bauch! Diesen Gossensound im Goldrahmen wollten wir haben.

Drei Jahre vor seiner Freilassung schrieb Jack für die steirische Blues Rock-Band Shekinnah einen Songtext mit dem Titel „Wer ist wirklich frei":

Kennt ihr mein kaputtes Leben?
Liebe hat er kaum gegeben.
Fehler hab' ich viele gemacht.
Ins Gefängnis hat mich das gebracht.

Der Refrain dieses für meinen Geschmack ziemlich schnulzigen Gassenhauers appelliert nicht nur an das Mitleid des Publikums, sondern schlägt den Bogen von seinem verkorksten Leben zu dem seiner Fans: „Wer ist wirklich frei in seinem Leben, wer kann alles haben, alles geben? Wer kann immer sagen, was er will, wer kommt ungehindert an sein Ziel?"

Dahinter steckte eine, wie ich finde, gar nicht so dumme Botschaft: Sind wir nicht alle ein bisschen unfrei? Macht dieser Dichter mit seiner schrecklichen Kindheit und Jugend uns nicht vor, wie man trotz schwerster Hindernisse an ein Ziel kommt?

Mit diesen Themen kam Jack bei uns an. „Zu diesem Soundtrack soll er tanzen", spottet Herwig schon wieder, „wie ein dressiertes Pferd in der Hofreitschule, dann schenkt ihr ihm gnädig und voller Selbstbefriedigung über eure Toleranz Applaus". Aber Jack sei kein Lipizzaner gewesen, sondern ein *One Trick Pony*, das immer im Kreis herumgaloppiert und den gleichen Walzer zeigt.

Ich hätte Herwig am liebsten gesagt, dass er es mit seinen Österreich-Klischees bitte nicht zu weit treiben soll. Aber ich habe mich nicht getraut. Er hätte das sonst als Anlass genommen, mir einen Vortrag über Betriebsblindheit in der Literaturszene zu halten.

Und ganz unrecht hat er ja nicht: Jack fehlte die Sprache für andere Themen. Als er noch an seinem Image gearbeitet hat, damals, Anfang der Achtzigerjahre im Gefängnis, schrieb er ein Gedicht mit dem Titel „Blitzlichtdauer". Es beginnt so:

flüchten in dieser Sekunde
kein Umsehen mehr
abwenden vom Bild
im Spiegel
dieser lächelnden Fassade
mit einer ruinenhaften Fratze
dahinter

Die Verse sind atemlos, und die Botschaft ist klar: Hier dichtet ein Mann mit zwei Gesichtern, der auf der Flucht ist. Ein Schauspieler, der vorn auf der Bühne lächelt und hinter dem Vorhang sein wahres Gesicht zeigt. Ein Häftling, der nicht mithilfe eines zusammengeknoteten Bettlakens aus dem Gefängnis fliehen will, sondern über den roten Teppich, den man ihm in der österreichischen Kulturszene ausrollen wird.

Genau so ist es gekommen. Aber auf dem Höhepunkt seines Ruhms bemerkte Jack, dass auch unsere Aufmerksamkeit für ihn nur eine Momentaufnahme war. Ein kurzes Lächeln im Blitzlichtgewitter, dann ließen wir ihn wieder allein mit seiner geheimen, traurigen Fratze. Eine Zeit lang war der fesche Frauenmörder Jack *in* und wir zeigten uns gerne mit ihm, weil wir uns mutig fühlten und tolerant. Wenn er Lesungen veranstaltete, stellte Jack auf den Tisch mit seinen Büchern eine Kasse und bat das Publikum, so viel Geld dazulassen, wie ihnen die Bücher wert sind. Es war nicht viel.

Außer mir spendete fast niemand, aber „Fegefeuer" trugen die Leute stapelweise weg. Die Wiener sind halt elendige Schnorrer, wie meine Freundin Margit immer sagt.

Ich habe bei der Lesung auch gesehen, wie mehrere Frauen Jack ihre Telefonnummern zusteckten. Für seine Themen – Haft, Resozialisierung, Strafvollzug – schien sich außer Margit und mir niemand zu interessieren. Gratis saufen, Sekt-Orange, Semmeln und das war's. Ich verachte diese Bussi-Bussi-Gesellschaft.

Auch an den Ort seiner Kindheit fuhr Jack zurück und veranstaltete dort vor den begeisterten Einheimischen in der Gaststätte Wimitzwirt eine Lesung. Natürlich war auch Charlotte Auer bei der Veranstaltung anwesend. Nach der Lesung ging sie an Jacks Tisch, aber der tat so, als ob er sie nicht kenne. Doch Auer ließ sich nicht abwimmeln und legte ihm die Kindheitsfotos auf den Tisch: „Du hast sehr viel gelogen. Schau her, da sind die Bilder." Er flüsterte ihr zu: „Tu das weg und sei ganz still, weil sonst passiert was."

Charlotte Auer bekam es damals mit der Angst zu tun, sie packte alles wieder zusammen und verließ das Wirtshaus so schnell sie konnte. Zu Hause zerriss sie die Fotos und verriegelte alle Fenster und Türen im Haus.

Ein halbes Jahr nach seiner Entlassung liefen die Dinge für Jack Unterweger schon nicht mehr so gut. Seine Engagements wurden seltener. Sein ausschweifender Lebensstil, die Autos, Klamotten und Partys verschlangen Geld. Seine Theaterstücke wurden nur aufgeführt, wenn er die Gagen der Schauspieler, die Saalmieten und Hotelkosten selbst zahlte. Mit seinen Büchern verdiente er trotz der anfänglichen Publicity kaum Geld. Das ist wenig überraschend. Nur Anfänger glauben, dass Bücherschreiben ein lukratives Geschäft sei.

So blieb Jack auf gelegentliche Honorare für journalistische Arbeiten, auf Spenden und auf Geschenke seiner Liebhaberinnen angewiesen.

Während die Morde weiter Schlagzeilen machten, nahm das Interesse an Jacks künstlerischem Schaffen ab. Die Kritiken zu seinem Aids-Drama „Schrei der Angst" waren wenig positiv. Nur in einem waren sich die Medien einig: Als Rotlichtexperte taugte dieser Jack Unterweger. Er war viel zu beschäftigt, um verdächtigt zu werden. Er vögelte sich durch alle Schichten der österreichischen Gesellschaft: von der Unternehmer- und Politikergattin über die Graphikdesignerin und Pharmareferentin bis hin zu Kellnerinnen, Krankenschwestern und Schülerinnen.

Er sei immer noch ein Zuhältertyp gewesen, sagt Herwig. Einer, der „seinen" Frauen zuhören und zärtlich sein kann, wenn er will, aber sie gleichzeitig hemmungslos und brutal ausbeutet. Seine Liebhaberinnen gaben ihm Geld, sie chauffierten ihn durch die Gegend, sie machten ihm Geschenke. Einigen hat er sogar Schmuck gestohlen.

Die Frauen waren für Jack vor allem eins: nützlich.

Ich habe ihm damals geraten, sich einen richtigen Job zu suchen. Dank meiner Kontakte konnte ich ihm eine Stelle in der Buchbranche vermitteln. Eigentlich genau das richtige für einen Schriftsteller. Ein kleiner Verlag in Klagenfurt suchte ein Faktotum für die Druckerei, schreiben sollte er dort auch. Als Jack im weißen Anzug mit seinem Schäferhund bei mir auftauchte, um über das Jobangebot zu sprechen, spürte ich, dass er mich nur so lange gebraucht hatte, bis er aus dem Gefängnis entlassen wurde. Jack hatte überhaupt kein Interesse an einer Arbeitsstelle in einem kleinen Verlag. Er wollte kein solides, kleines Leben führen. Jack wollte jetzt leben.

Er wollte bewundert werden von den Reichen und Schönen und von uns Intellektuellen – aber er wollte sich nicht anpassen. Mit seinen weißen Anzügen, den

Cowboystiefeln und schrillen Hemden pflegte er genau den Look, den er als Discjockey und Zuhälter in den frühen Siebzigerjahren getragen hatte. Im Gefängnis hatte er den Angepassten gespielt. Jetzt in Freiheit waren bürgerliche Konventionen für ihn da, um gegen sie zu verstoßen.

Auch in der Alten Schmiede in Wien tauchte Jack für eine Lesung aus „Fegefeuer" auf. Ich mochte die Alte Schmiede immer: An den Wänden des Veranstaltungssaals hängen Hämmer und Zangen, ein Hauch von Öl und kalter Kohle liegt in der Luft wie zum Beweis, dass auch Schreiben schweißtreibend harte Arbeit sein kann. Hier hatten wir in den frühen Achtzigern Solidaritätslesungen für Jack veranstaltet, hatten uns jahrelang für ihn eingesetzt. Und nun war er frei, sein Auftritt hier war die Bestätigung unseres beharrlichen Engagements! Aber ich erinnere mich auch an die Irritation, die mich bei seinem Auftritt überkam. Er passte mit seinem weißen Anzug und der roten Stoffblume am Revers überhaupt nicht dorthin und spulte die Lesung herunter, ohne sich sonderlich für seinen Text oder für uns zu interessieren.

Jack ahnte wohl, dass er nie dazugehören und immer ein Außenseiter bleiben werde. So sehr sich der neue Jack Unterweger anzupassen versuchte, der alte kam doch immer wieder hervor.

Herwig hat mit vielen Zeitzeugen über Erlebnisse gesprochen, die erst im Rückblick unheimlich sind. Zum Beispiel Georg Biron, der nachts mit Jack unterwegs war. Eines Nachts habe Jack ihm die Handschellen im Handschuhfach gezeigt und ganz offen gesagt, er stehe drauf, Frauen mit den Handschellen zu fesseln und zu ficken. Im selben Handschuhfach entdeckte Biron Latexhandschuhe und wunderte sich: Willst keine Fingerabdrücke hinterlassen? Jack wiegelte ab:

Was du schon wieder denkst. Er habe die Handschuhe bloß, um Erste Hilfe zu leisten, falls er an einem Unfall vorbeikomme. Man könne ja nie wissen, ob das Opfer Aids habe.

Es gibt viele solcher kurzen Momente, die im Rückblick fragwürdig erscheinen. Aber niemand hat gefragt. Damals erschienen sie belanglos. Biron konnte nicht wissen, dass neben einer der Leichen im Wienerwald die Fingerspitze eines Latexhandschuhs gefunden worden war. Die Polizei wiederum erfuhr nie, was Biron in Jacks Handschuhfach entdeckt hatte. Und Jack war sowieso nie um eine Antwort verlegen.

Alle wollten dabei sein, keiner stellte Fragen. Es gibt für alles eine mögliche Erklärung. Dass Jack kreuz und quer durch die Republik reiste? Nicht ungewöhnlich für einen Menschen, dessen Bewegungsfreiheit 15 Jahre lang auf ein paar Quadratmeter Gefängniszelle beschränkt war. Dass seine Reisen zu Lesungen ihn immer wieder an Tatorte führten? Zufall. Im September 1990 fuhr er drei Tage nach Prag, um mit einer Übersetzerin im Prostituiertenmilieu am Hauptbahnhof zu recherchieren. Kurz vor Mitternacht am 14. September trennte er sich von seiner Begleitung.

Am Morgen nach der Begegnung zwischen Jack und der Übersetzerin fanden Spaziergänger in einem Bach im Prager Westen die Leiche einer jungen Frau. Die nackte Tote lag mit gespreizten Beinen rücklings im Bachbett. Ihr Körper war teilweise mit Zweigen bedeckt, wies neben zahlreichen blauen Flecken Fesselungsspuren an den Unterarmen auf. Später fischte man ihre Ausweise aus der Moldau und identifizierte das Opfer als die 30-jährige Blanka Bočkova. Todesursache: Erwürgen und Erdrosseln.

Jack versuchte weiter, mit Magazinartikeln und Lesungen im Gespräch zu bleiben. Aber im Laufe der Zeit kam immer weniger Publikum zu seinen Veranstaltungen.

Seine Freundin Margit Haas erinnert sich an zwei Telefonate, die sie in der Nacht des 5. Dezember 1990 mit Unterweger führte, als der zu einer Lesung in Bregenz war. Die Veranstaltung war kein Erfolg. Er klang frustriert und verbittert, weil nur wenige Leute gekommen waren, obwohl die Lesung in der ganzen Stadt plakatiert war. Gegen Mitternacht rief er Margit noch einmal an. Sie wunderte sich, dass Jack auf einmal wie ausgewechselt wirkte. Er klang überhaupt nicht mehr frustriert, sondern aufgekratzt wie ein Teenager, der gerade gut gelaunt von einer Party kam.

Was war geschehen zwischen der Lesung am Abend des 5. Dezember und dem Gespräch der beiden in den Morgenstunden des 6. Dezember?

Drei Wochen nach der Lesung in Bregenz wurde die Leiche der Prostituierten Heidemarie Hammerer in einem abgelegenen Waldstück in der Nähe aufgefunden. Ihr Körper war übersät mit Hämatomen. Der Täter hatte ihr den Slip in den Mund gestopft und sie erwürgt. An der Kleidung des Opfers fand die Spurensicherung der Kriminalpolizei eine rote Kunstfaser, die nicht mit den Textilien der Ermordeten übereinstimmte. Diese Spur sollte der Geschichte später eine entscheidende Wendung geben.

Am 11. Juni 1991 flog Jack nach Los Angeles. Beim Österreichischen Rundfunk hatten sie sich wieder ein Thema für ihn einfallen lassen. Nachdem er für den ORF schon über die Angst der Wiener Prostituierten vor dem Serienmörder berichtet hatte, durfte er jetzt für den Sender die dunklen Seiten einer amerikanischen Großstadt erkunden. Er sollte für die Ö3-Jugendsendung „Zick-Zack" über „Die Schattenseiten von LA" berichten. Herwig findet das sogar lustig: „Jack Unterweger, Häfnpoet und österreichischer Chefkorrespondent für Straßenprostitution!"

Jack war noch nie in den USA gewesen, sprach kaum Englisch und kannte die amerikanische Kultur nur aus dem Fernsehen. Aber auch er, der Sohn eines amerikanischen GI, hatte einen Traum von Amerika, den Fernsehtraum von „Magnum", „Miami Vice" und „Winnetou". Herwig hat mir ein Foto von Jack in Amerika gezeigt. Darauf ist er kaum wiederzuerkennen: Er trägt einen riesigen Cowboyhut und Stiefel aus Schlangenleder, eine Weste mit Mustern der Navajo-Ureinwohner und eine Jacke mit grellem Blumenmuster.

Am Flughafen mietete er ein Auto. Einen Führerschein hatte er immer noch nicht. Auf dem gefälschten Dokument, das er beim Verleih vorzeigte, stand: „Mit 6 Promille Blutalkohol nur mehr Schubkarre fahren."

Aber wer versteht schon Deutsch in Amerika? Und wo, wenn nicht dort, kann man getrost nach der amerikanischen Devise leben: *Fake it till you make it?*

Er logierte im Cecil Hotel, einer heruntergekommenen Absteige in der heruntergekommenen Altstadt von L. A. Kein normaler Tourist käme auf die Idee, in so einem Hotel zu wohnen, das sich vor allem durch seine gruselige Geschichte auszeichnete. Das Cecil war billig – und berüchtigt wegen zahlreicher Suizide, die dort im Lauf der Jahrzehnte stattgefunden hatten. In den Achtzigerjahren, erzählt Herwig, habe dort der Serienkiller Richard Ramírez gewohnt, der mindestens 13 Frauen ermordet hatte.

Aber das Cecil hatte einen Vorzug für Jack: die gute Lage zwischen Straßenstrich und Polizeiquartier.

Gleich um die Ecke, an der 7th St., standen die Prostituierten, und zwei Häuserblocks hinter dem Hotel befand sich eine Wache des Los Angeles Police Department. Dort stellte sich Jack gleich nach seiner Ankunft als österreichischer

Journalist vor, der eine Reportage über die Schattenseiten von L. A. machen will. Er fotografierte lächelnde schwarze Polizistinnen und die Motorräder der Streifenbeamten. Die Cops nahmen ihn auf Streife mit und erklärten ihm, wie das in L. A. lief mit den Gangs, den Drogen und dem Sex. Er besuchte die Police Academy und freundete sich mit einer Mitarbeiterin des Polizeichefs von L.A. an. „Das gleiche Programm wie in Wien", stellt Herwig fest, und ich muss ihm ausnahmsweise zustimmen. Der Modus Operandi ist verblüffend ähnlich.

Nachts tauchte Jack ein in das Leben der Gestrandeten, abseits der Traumfabrik. Vom Sunset Boulevard bog er in die Main Street ab und sah die Verlierer des amerikanischen Traums. Herwig legt die Kassette in den Rekorder ein und gemeinsam lauschen wir dem Reporter Jack, der damals im ORF erzählte:

Schwarze, Latinos und andere Gestrandete, die in diesem Viertel von L.A. ihr Leben fristen, Menschen, die verloren haben, einzelne Gruppen, Familien, sie leben von Diebstahl, Schwarzhandel, Prostitution, Drogenhandel und Straßenraub. Menschen, die an keine Zukunft mehr glauben, die keine Zukunft mehr haben. Sie versuchen zu überleben, und wer dabei draufgeht, hat Pech gehabt.

Zwischen der Third und Eighth Street lag die schlimmste Ecke. Selbst die Polizisten stiegen hier nicht ohne Rückendeckung durch ein schwer bewaffnetes SWAT-Team aus ihren Streifenwagen.

Aber Jack hatte keine Angst. Er kannte ja das Milieu. Es war sein Markenzeichen. Er fühlte sich in dieser Welt aus Dreck und Gewalt wie ein Fisch im Wasser:

Ich wurde von anderen vorgewarnt, legte Schmuck und gute Kleidung ab, schlüpfte in abgewetzte Jeans, Trägerleibchen und bewegte mich drei Tage und Nächte, als wäre ich einer der ihren. Ein Fremder, der mit den gleichen Hoffnungen nach L.A. kam wie sie, und der daran genau so gescheitert war wie sie und nun in den Straßen von Downtown auf ein Morgen wartete.

Es klang nach einer aufregenden Undercover-Reportage, was Jack nach seiner Rückkehr im ORF erzählte. Eine preiswürdige Mischung aus Sozialromantik, Abenteuer und Mutprobe. So was kommt gut an in Journalistenkreisen, sagt Herwig, und ich merke ihm an, dass er solchen Reporterkitsch für abgeschmackt und denkfaul hält.

Bei seinen investigativen Recherchen lernte Jack, dass Los Angeles seit Jahren von einer Crack-Epidemie und Bandenkriegen zwischen Drogendealern und Straßengangs heimgesucht wurde. Sie hatten dafür gesorgt, dass L. A. Anfang der Neunzigerjahre eine der höchsten Mordraten der Welt hatte. Und niemand schien sich für die Menschen zu interessieren, die in diesem Teil der Stadt verschwanden:

Tote in Parkanlagen werden irgendwann von irgendwem entdeckt und die Polizei verständigt und die wiederum verständigt den Coroner. Spurensicherung, eventuelle Zeugen zu finden. Alles Vorgänge, die die Polizei von L.A. längst ersatzlos gestrichen hat.

Während der fünf Wochen, die Jack in Los Angeles verbrachte, wurden drei Prostituierte ermordet: Shannon Exley, 21, Irene Rodriguez, 33, und Sherry Ann Long, 27. Aber das fiel bei weit über tausend Morden im Jahr kaum auf.

Während Jack nachts durch die Unterwelt von L.A. streifte, suchte er tagsüber Kontakt zu Hollywoodstars. Er hatte seinen Roman „Fegefeuer“ im Gepäck und brauchte dringend jemanden, der ihn in der internationalen Filmbranche vernetzte.

So ein Leben wie seins, das ist doch wie geschaffen für Hollywood! Außerdem wollte er nicht nur über die Schattenseiten, sondern auch über „die starken Frauen von L. A." berichten. Am liebsten hätte er ein Interview mit Sängerin Cher geführt. Auch sein Idol Charles Bukowski wollte er treffen. Er lernte die Hollywood-Korrespondentin Frances Schoenberger kennen und bat sie um Hilfe beim Networking mit den Stars.

Ein Interview mit Cher? Unmöglich, fand Frances. Das führte sie lieber selbst. Aber sie half Jack bei einem anderen Vorhaben: der Suche nach seinem amerikanischen Vater. Er hatte von seiner Mutter Briefe bekommen, die der Vater in den Fünfzigerjahren aus New Jersey an sie geschrieben hatte. Außerdem ein Porträtfoto, das den Vater als GI in Uniform zeigt.

Schon wenige Monate nach seiner Freilassung 1990 hatte Jack an den Suchdienst des Roten Kreuzes und die Sozialversicherungsbehörde in Washington DC geschrieben. Nun war er in Amerika, seinem Vater so nah wie nie zuvor – und hatte doch keine Ahnung, wo er lebte.

Frances telefonierte mit zahlreichen Behörden, ohne Erfolg.

Jack fand weder seinen Vater, noch konnte er Cher interviewen oder irgendeinen Produzenten für die Verfilmung seines Lebens interessieren.

Als er am 16. Juli 1991 nach Wien zurückflog, hatte er nur die Reportage über die dunklen Seiten von Los Angeles im Gepäck, der Herwig und ich jetzt in meiner Dachgeschosswohnung neugierig lauschen. Jacks Fazit klingt düster und fatalistisch:

Ich fuhr nach L.A., um neben meinem beruflichen Interesse jene Traumstadt zu erleben, die uns hier in Europa via Fernsehen,

Kinofilmen und Büchern dargestellt wird. Nach fast zwei Monaten kehrte ich L.A. den Rücken, froh, nicht in dieser Stadt leben zu müssen. Eine Stadt, in der der schmierigste Kriminalfilm reales Alltagsleben ist. Eine Stadt, in der ein Leben keinen Wert mehr hat. Eine Stadt, wo eine superreiche Minderheit aus Film- und Geschäftsleben den Rest wie Dreck behandelt. Eine Stadt, in der man es schaffen muss, oder man erstickt an und in ihr. Ich war in der glücklichen Lage, ein Rückflugticket zu besitzen, und ich habe in diesen Wochen in L.A. mehr vom Leben erfahren als in meinen 40 Lebensjahren zuvor. Nichts ist wirklich wichtig im Leben.

Erst ein Jahr später sollte sich ein ganzer Haufen FBI-Beamter, Forensiker und österreichischer Mordermittler eingehender mit dem gewaltsamen Ableben von Shannon Exley, Sherry Long und Irene Rodriguez beschäftigen.

Sie sollten auffallende Gemeinsamkeiten feststellen und merkwürdige Zusammenhänge: Alle drei waren mit ihrem eigenen Büstenhalter erdrosselt worden. Die Leichen von Exley und Rodriguez wurden in Downtown L.A. gefunden, nur wenige Meilen vom Cecil Hotel entfernt.

Drei Frauen, für deren Tod sich niemand interessierte, weil sie Prostituierte waren in der Stadt der Engel und der Träume, in der das Überleben manchmal einem Glücksspiel gleicht.

Nach seiner Rückkehr wagte sich Jack erneut in die Höhle des Löwen. Er besuchte das Polizeipräsidium in Wien, um Hofrat Max Edelbacher persönlich von seinen Abenteuern mit den Cops des Los Angeles Police Department zu erzählen. „Der redet wie ein Wasserfall", dachte Edelbacher damals und fragte sich, ob an dem Verdacht des pensionierten Salzburger Inspektors August Schenner nicht doch etwas dran sein könnte.

Edelbacher und Geiger beschlossen, Jack observieren zu lassen. Das klappte nicht besonders gut. Wieder hatte er Glück. Er war nicht nur dreist genug, aufs Polizeipräsidium zu marschieren und sich beim Chef des Sicherheitsbüros nach dem Stand der Ermittlungen zu erkundigen. Als er selbst in Verdacht geriet, hielten ihn die Kieberer – so nennt man Polizisten hier in Wien – für harmlos und rissen sich bei der Observation kein Bein aus.

Jack wurde nicht vorsichtiger – er provozierte seine Verfolger sogar noch. Der Unterweger sei eine „freche Nuss" gewesen, erzählte Max Edelbacher Herwig: „Der macht sich lustig über uns. Fährt ohne Führerschein, hat ein auffälliges Fahrzeug, ein Zuhälterfahrzeug, und trotzdem verlieren ihn meine Kriminalbeamten."

Die FBI-Profiler trösteten den Polizeichef später: Serienmörder spielen gerne mit der Polizei, um ihre Überlegenheit zu demonstrieren.

Die Wiener Ermittler befragten ehemalige Freundinnen von Jack und zeigten Prostituierten auf dem Wiener Strich Polaroids von ihm – ohne Erfolg. Auch an seinen weißen Mustang konnte sich niemand im Bezirk erinnern. In einem internen Bericht der Bundespolizeidirektion im Wiener Sicherheitsbüro vom November 1991 fasste ein Beamter die Ergebnisse zusammen: „Es konnten keine konkreten Anhaltspunkte für eine mögliche Täterschaft bei den Prostituiertenmorden gefunden werden."

Inzwischen wurde das Pflaster für Jack in Wien immer heißer. Ich hatte ihn schon mehrere Monate lang nicht mehr gesehen, als ich am 1. September im „Kurier" von einem „heißen Tip bei der Suche nach dem Dirnen-Mörder" las. Die Zeitung berichtete, dass ein ehemaliger „Lebenslanger" als Killer verdächtigt wurde. Sie gab dem mutmaßlichen

Serienmörder den Namen „Jack the Struggler". Ich weiß noch, wie ich über den plumpen Übersetzungsfehler gelacht habe, denn sie meinten natürlich „Strangler", also einen Würger. Aber dass unser Jack gemeint war, kam mir überhaupt nicht in den Sinn. Jeder Leser musste darin eine Anspielung auf den berüchtigten Londoner Serienkiller Jack the Ripper sehen. Nur Jack, der hat es wohl anders gelesen.

In den nächsten Monaten wurde er mehrfach von der Wiener und Grazer Polizei vorgeladen und befragt. Er konnte in keinem Fall ein überprüfbares Alibi vorlegen, doch die Ermittler mussten ihn aus Mangel an Beweisen wieder ziehen lassen.

Ich glaube, Jack hat sich damals unbesiegbar gefühlt.

Und wie jedes Heldenepos braucht natürlich auch dieses eine Liebesgeschichte. Inmitten all der Affären und One-Night-Stands gab es zwei Frauen, die Jack mehr bedeutet haben. Jedenfalls in dem Moment, als er sie für seine Geschichte brauchte. Für den nächsten Plot-Twist, die plötzliche Wendung, das Happy End. Ich habe diese beiden so unterschiedlichen Frauen nie persönlich kennengelernt und damals nur in der Zeitung von ihnen gelesen. Herwig hat es sich natürlich nicht nehmen lassen, beide ausführlich zu befragen, und obwohl ich mir aus Liebesromanen nichts mache, muss ich sagen, dass die beiden in dieser Geschichte eine interessante Rolle spielen. Und das kam so.

Am 16. November 1991 ging Bianca Mrak mit Freundinnen in die Wiener Szene-Bar Take Five, um zu feiern. Sie war achtzehn und unglücklich. Zwei Jahre zuvor war sie das erste Mal von zu Hause abgehauen. Die Eltern waren geschieden, mit der Mutter verstand sie sich nicht, den Vater hatte sie seit Jahren nicht gesehen. Sie wollte nicht leben, wie's die

Masse tut: Mit 20 heiraten, Kinder kriegen, mit 30 geschieden. Sie wollte ein abenteuerliches Leben.

Im Take Five prostete ihr ein Mann Anfang 40 zu und sie dachte: Was will der Alte von mir? Bianca war nicht bewusst, wer da gerade mit ihr flirtete. Der Typ, der sich für sie interessierte, war charmant und selbstbewusst und ziemlich hartnäckig. Nachdem er gegangen war, wurde Bianca aufgeklärt. Vorsicht, das ist der Jack Unterweger, da musst du aufpassen. Okay, dachte sie sich, er ist höflich und ich habe keine Vorbehalte.

Sie wusste nicht, dass die Polizei ihren Flirt bereits observierte.

Als Jack 1976 für den Mord an Margret Schäfer zu lebenslanger Haft verurteilt worden war, war Bianca gerade einmal drei Jahre alt. Die Tat war für sie so weit entfernt wie der Zweite Weltkrieg im Geschichtsunterricht. Jack selbst erzählte ihr irgendwann von dem Mord, den er begangen und für den er eingesessen hatte. Offen, direkt, nur mit Details wollte er sie verständlicherweise nicht belästigen. Auf Bianca wirkte er wie ein Mann, der keine Geheimnisse hat:

Er hat von sich aus begonnen, darüber zu reden, und hat auch gemeint, ich kann die Akten lesen, was ich nicht getan habe. Man registriert es, man weiß, es war grausam, man weiß, es ist viel passiert, was nicht hätte passieren dürfen, aber ich konnte damit nichts verbinden. Mich hat es emotional nicht berührt, das ist ein Teil seiner Vergangenheit, er hat seine Strafe abgesessen, er hat mir immer glaubhaft versichert, es tut ihm leid, es ist einmalig und er ist froh, dass er wieder draußen ist, und er würde das nie wieder auf's Spiel setzen.

Die Akten las sie erst ein Jahr später. Das Obduktionsergebnis von Margret Schäfer: „Schock, Schock. Schade, dass ich es nicht vorher gelesen hab." Welchen Unterschied das gemacht hätte, hat Herwig sie gefragt. „Ich hätte mich unter Umständen anders entschieden."

Aber Bianca entschied sich für Jack. Er bot ihr an, bei ihm zu wohnen – im Gästezimmer, damit sie in Ruhe das Gymnasium beenden kann. Er wollte nur ihr Bestes, der fürsorgliche Freund und Frauenmörder. „Er hat mir zugehört. Er hat mir das Gefühl vermittelt, dass er sich um mich kümmert."

Sie zog in sein Schlafzimmer. „Na ja, mit 18. Was soll man tun?" Die Wohnung in der Wiener Florianigasse bezahlte weiter Jacks vermögende Geliebte. Sie hatte keine Ahnung, dass sie sich ihren Ex-Häftling nun mit einer Neuen teilte, die sogar bei ihm eingezogen war.

Lügen ist anstrengend. Als Lügner muss man ein gutes Gedächtnis haben. Man muss aufmerksam sein und darf nicht den Überblick verlieren, wem man was erzählt hat.

Jack war ein ziemlich guter Lügner.

Er führte genau Buch, wann und wo er sich mit welcher Frau getroffen hat und was passiert ist.

Er war ein guter Zuhörer. Je mehr er über die Frauen wusste, desto besser konnte er sie manipulieren.

Das merkte auch Bianca bald. Doch da war es bereits zu spät. Sie war genervt von diesem Kontrollfreak. Dass er sie für sich arbeiten ließ.

Da seine Gönnerin inzwischen von seiner neuen Beziehung erfahren hatte und die Miete nicht mehr zahlte, schickte er Bianca arbeiten. Während sie als Barfrau in einem Wiener Nachtclub den Unterhalt verdiente, vergnügte sich Jack. Wie immer.

Im Dezember 1991 ging er allein auf die Weihnachtsfeier des Magazins „Erfolg" und verbrachte die Nacht mit der Verlagssekretärin.

Wenige Tage später verlobten Jack und Bianca sich in München. Als sie an einem Juweliergeschäft vorbeikamen, machte Jack ihr einen Heiratsantrag.

Bianca sagte ja. Während sie zwischen den Jahren im Nachtclub Geld verdiente, reiste Jack nach Italien, um dort eine Wohnung aufzulösen. Das jedenfalls erzählte er Bianca. Tatsächlich fuhr er mit der Verlagssekretärin in den Skiurlaub.

Das Jahr 1992 begann gut für die Mordermittler. In Graz fanden sie eine Prostituierte, die sich an Jack erinnern konnte. Am 17. Oktober 1990 war er auf einer Veranstaltung im Grazer Casino gewesen und gegen 22 Uhr zum nahe gelegenen Straßenstrich gefahren. Dort hat er die damals 19-jährige Michaela angesprochen und sie gefragt, ob sie für 200 Schilling extra mit ihm aus der Stadt fahren würde. Er sei ein bekannter Reporter und könne es sich nicht leisten, in Graz beim Geschlechtsverkehr mit einer Prostituierten beobachtet zu werden. Dann fuhr er mit ihr in ein abgelegenes Waldstück. Als sie dort ankamen, bot er ihr mehr Geld, wenn sie sich nackt ausziehen und sich die Hände hinter dem Rücken fesseln ließe.

Doch die junge Frau, die 1993 dem ORF ein Interview gab, hatte unbeschreibliches Glück. Aus irgendeinem Grund ließ Jack plötzlich von ihr ab, löste die Handschellen und setzte sie an einem Taxistandplatz ab.

Mich quält dieser Bericht, den mir Herwig ernst und ausführlich und ausnahmsweise ohne jeden Anflug von Zynismus oder Häme vorträgt. Das war nicht unser Jack, das schien ein anderer zu sein. Dass er beim Schreiben gewalttätig sein konnte, wüste Szenen aufs Papier werfen, das war das eine. Aber im wirklichen Leben, dieser einfühlsame Mensch?

Er war doch einer von uns, und die Hölle sind immer die anderen.

Am 17. Januar 1992 wurde Jack Unterweger auf der Bundespolizeidirektion Graz mit den Aussagen von Michaela konfrontiert. Er behauptete, als Reporter im Milieu recherchiert zu haben. Da die Polizei immer noch keinen Beweis für eine Beteiligung an den Morden in Graz und Wien hatte, mussten die Beamten ihn erneut laufen lassen. Doch diesmal ließen Geiger und seine Kollegen nicht locker.

Im Februar nahm die „Sonderkommission Jack Unterweger" unter Geigers Führung ihre Arbeit auf.

Während der Karnevalszeit kellnerte Bianca in der Schweiz, als Jack eines Nachts bei ihr auftauchte. Er traf sie auf einem Parkplatz. Bianca war jung und wollte leben. Sie las keine Zeitungen und interessierte sich nicht für die Nachrichten. Sie konnte nicht wissen, dass an diesem Tag ein Artikel über ihren Lover in der „Kleinen Zeitung" erschienen war mit der Schlagzeile „MORDSERIE: HAFTBEFEHL GEGEN JACK UNTERWEGER".

Jack beichtete ihr, dass die Polizei ihn für einen Serienkiller hielt. Ich war das nicht, ein Wahnsinn, was mir da vorgeworfen wird. Das sei die Schuld des Salzburger Beamten, der ihn schon sein ganzes Leben lang verfolge.

Dann hatte Jack einen Nervenzusammenbruch im Auto und begann zu weinen. Er heulte Rotz und Wasser und hörte nicht mehr auf und dann drohte er Bianca. „Ich hab eine Pistole, ich fahr jetzt in den Wald und bring mich um."

Sie glaubte ihm. Und sie erkannte ihn kaum wieder. Dieser kämpferische Typ, der sonst so frech und eloquent war. Der Inbegriff des starken Mannes, der immer die Oberhand behält. Die eiserne Faust. Dieser Mann brach gerade vor ihren Augen zusammen, ein wimmerndes, weinendes Häufchen Elend auf einem verlassenen Parkplatz.

Bianca schlug vor, gemeinsam zurückzufahren, um die Sache aufzuklären. Keine gute Idee, fand Jack. Er wollte im Paradies bleiben, aber das Paradies lag nicht mehr in Österreich. Also hauten sie gemeinsam ab.

Bianca und Jack – Bonnie und Clyde. Auf ihrer filmreifen Flucht fuhren die beiden über Zürich, Basel und Lyon nach Paris. Dort stellte Jack seinen VW Passat in der Tiefgarage des Flughafens ab und kaufte am American-Airlines-Schalter zwei Tickets nach Miami. Sie wohnten ein paar Nächte in einem billigen Motel, in dem die Kakerlaken aus dem Duschkopf krochen.

Dann mieteten sie ein Apartment in der Euclid Avenue Nummer 1115 in Miami Beach, Jack kaufte eine Schreibmaschine und machte sich an die Arbeit:

Miami. Ohne Vice. Ocean Drive, Noon-Time. Love and the end. Pünktlich. Collins Avenue, dann, Minuten nur, langsamer gehend, 11th Street, überquerend, weiter, bereits hektisch, wissend, nahe dem Finale, Washington Avenue. Nerven. Schneller, flatternd, am Ende. Miami Beach Court House, zu sehen, dahinter, ein betonierter Hof dazwischen, Miami Beach Police Station. Keine hundert Meter bis zum Ziel, das Nest, die Wohnung, umgeben von Kulissen zu Miami Vice. Von Don Johnson weit entfernt.

Bianca und Jack fühlten sich sicher in Miami, obwohl direkt hinter ihrem Apartment das Miami Beach Police Department lag. In den frühen Neunzigerjahren des vorigen Jahrhunderts gab es keine Smartphones, keine sozialen Medien, auf denen Fotos millionenfach geteilt werden. Es gab nur Fahndungsplakate und Zeitungen.

Doch als Bianca mit Jack über den Ocean Drive in South Beach schlenderte, erlebte sie eine Überraschung. Sie stand vor einem Kiosk, der deutschsprachige Zeitungen in der Auslage hatte. Vorne lag die „Bild“-Zeitung aus. Auf der Titelseite ein großes Foto von Biancas Schülerausweis. Bianca war schockiert. „Das darf nicht wahr sein, die suchen uns wirklich weltweit.“

Jack war unbekümmert. Er schien sich überhaupt keine Sorgen zu machen, dass die Polizei ihn und seine Geliebte hier aufspüren könnte. Er spazierte in den nächsten Strandshop und klaute eine Baseballkappe.

Er war wieder der alte, hier in Miami Beach: kämpferisch, lustig und übermütig. Er genoss die letzten Tage im Paradies und holte zum Gegenschlag aus. Tag für Tag hackte er auf seiner Schreibmaschine an der großen Verteidigungsschrift in eigener Sache.

Am 21. Februar 1992 rief er das ORF-Studio in Wien an. Er beteuerte live in der Sendung „Inlandsreport“ seine Unschuld. Als Herwig die Aufnahme vorspielt, kommt mir Jacks Stimme seltsam nörgelig vor wie die eines kleinen Kindes, das mit den Fingern in der Keksdose erwischt wurde.

Ich hab mich, seit das erste Mal der Verdacht, ein anonymer Hinweis aus Salzburg eines pensionierten Kriminalbeamten, in Wien aufgetaucht ist, mich sofort der Polizei zur Verfügung gestellt bis zum letzten Tag, und es konnte nichts eruiert werden, was nur irgendwie mit dem Mord [!] zusammenhängt in Wien. Es gibt keine Beweise. Es gibt nicht mal Indizien, aus denen man einen Haftbefehl machen könnte, sonst wär schon längst einer da. Gleichzeitig ist aber ein Kriminalbeamter im Milieu mit meinem Foto herumgegangen und hat erzählt, das ist der Unterweger, den hätten wir wegen der Hurenmorde gern, wisst ihr was.

Jack war irritiert, dass die Polizei jetzt in seinem Intimleben herumspionierte. Das weit verzweigte Netzwerk aus erotischen Beziehungen und Unterstützerinnen drohte – jetzt, wo die Frauen voneinander erfuhren – in sich zusammenzufallen.

Und dann machte er einen entscheidenden Fehler. Als ihm und Bianca nach ein paar Wochen das Geld ausging, rief er die Verlagssekretärin an, mit der er im Dezember Skificken war. Er bat sie, ihm Geld zu schicken und Medikamente, die er angeblich dringend wegen einer Schilddrüsenerkrankung brauchte. Als ihr Chef mitbekam, dass sie mit Jack in Kontakt stand, gab er vor, auch ein Fan von Jack Unterweger zu sein, und bot seine Hilfe an. Tatsächlich aber kontaktierte er heimlich Ernst Geiger; bei einem Treffen im Café Landtmann schmiedeten sie einen Plan. Um Unterwegers Aufenthaltsort zu erfahren, bot der Verleger ihm zum Schein ein Honorar von 100.000 Schilling für seine Fluchtstory an. Eine Anzahlung von 2000 Schilling, erklärte er Unterweger am Telefon, könne doch in dem Paket mit Medikamenten kommen, das ihm die Sekretärin schicken werde. Eine halbe Stunde später trafen sich der Verleger und der Mordermittler Ernst Geiger am Hauptpostamt in der Wiener City. Als Jack erfuhr, dass das Geld auf dem Weg war, machte er das, was er in solchen Situationen immer tat: Er schickte eine Frau vor. Bianca sollte das Geld und die Medikamente in South Beach abholen.

Am 27. Februar 1992 machte sich Bianca auf den Weg zur US Money Exchange Filiale an der Kreuzung 11th Street und Collins Avenue in Miami Beach.

Doch am Schalter sagte man ihr, dass eine Auszahlung ohne den Ausweis von Jack nicht möglich sei. Bianca zögerte keinen Moment. Sie verließ das Lokal und ging in Jacks

Richtung, der sich zwei Ecken weiter versteckte. Und dann geschah es, die Schlinge zog sich zu und von allen Seiten strömten brüllende Männer in dunklen Anzügen auf sie und Jack zu. Die U.S. Marshals führten Jack ab und trösteten Bianca mit vier Worten:

Forget your lover, baby.

III. Inferno

Dem trau i alles zu, weil die Augen, was i da gesehen hab, die geh'n mir nit mehr aus dem Kopf.

Charlotte Auer, Interview vom 27.8.2021

In vierzehn Tagen muss ich fertig mit meinem Bericht sein. Dann ist Herwig wieder in Wien und erwartet das Manuskript. Ich nutze seine Abwesenheit, um ungestört an dem Text zu arbeiten. Meine Arbeit beginnt vor Sonnenaufgang, wenn der Feind in meinem Kopf noch schläfrig ist und mich in Ruhe schreiben lässt. Nachts lausche ich Jacks Stimme auf den Tonbändern, die Herwig mir dagelassen hat. Dann lege ich mich ein paar Stunden hin, mehr Zeit habe ich nicht, wenn ich mein Ziel erreichen will.

Gestern habe ich geträumt, dass Jack mein Zwillingsbruder ist. Schriftsteller, bei der Geburt getrennt. Wir haben den gleichen Vater, nämlich keinen. Ich bin bei meiner Mutter in Wien aufgewachsen. Allein, aber behütet, umsorgt, nervös. Jack musste für alles kämpfen. Wir sind gleich alt. Ich werde dieses Jahr 73. Jack könnte auch Geburtstag feiern.

Wenn er sich nicht erhängt hätte.

Mir läuft die Zeit davon. Der Feind in meinem Kopf wacht auf. Aber vorher muss ich das letzte Kapitel erzählen. Februar 1992, der Anfang vom Ende.

Bianca Mrak wurde bald wieder freigelassen, gegen sie lag nichts vor. Aber Jack saß irgendwo in Untersuchungshaft. Bianca war allein und pleite und machte sich auf die Suche nach ihrem Lover. Sie nahm sich das Telefonbuch von Miami und rief alle Polizeistationen und Gefängnisse an, die sie darin finden konnte. Aber niemand wusste, wo Jack war. Er war verschollen.

Das österreichische Konsulat brachte sie in einem Hotelzimmer unter. Es hat schon Vorteile, Staatsbürger einer zivilisierten Republik wie Österreich zu sein. Später wurde sie von zwei Beamten des Wiener Sicherheitsbüros zurück nach Österreich gebracht.

Ihre einzige Verbindung zu Jack war nun das Telefon. Fast jede Nacht rief er sie an. In den frühen Morgenstunden, wegen der Zeitverschiebung. Eine Journalistin in Los Angeles hatte die Verbindung zwischen den beiden hergestellt – und die Gespräche mitgeschnitten. Sehr zur Genugtuung von Herwig. Es genügt ihm nicht, die Fliege an der Wand zu spielen und andere Menschen zu beobachten. Er will die Wanze sein, der Ohrwurm, und ihnen in die Gehörgänge kriechen.

Ich drücke die Play-Taste auf dem alten Rekorder und höre das Telefonsignal. Jack meldet sich und lässt sich von der Journalistin nach Wien durchstellen.

Er schluchzt, als Bianca ans Telefon geht, und erklärt ihr, dass sie die wahre Liebe seines Lebens ist: „Ich brauch dich als Mensch. Nur zum Spielen da gibt's hundert andere. Scheiß ich drauf bitte. Ich hab 18 Monate die gesucht, die zu mir zieht und zu mir gehört, bitte!"

„Und dann ist's nach drei Monaten aus", seufzt Bianca. Wie bitte? Bianca beschwichtigt: „Nein, ich mein net so. Aus wird's wahrscheinlich eh nie sein."

Diese Voraussage sollte sich bewahrheiten. Aber anders, als Bianca dachte.

Dass sie die Frau seines Lebens ist, diese Feststellung war Jack so wichtig, dass er das auch dieser Journalistin erzählte. Sie solle bloß nicht glauben, er hänge sich jetzt an Bianca, weil er in Haft sei. „Ich mein, ich habe viele gerngehabt, aber die

Frau hat mich schon vor vier Monaten erwischt. Das ist die erste Frau, der ich nicht untreu geworden bin.“

Wie einfach ihm doch das Lügen fiel. Jack hatte Bianca doch bereits kurz nach ihrer Verlobung mit einer Verlagssekretärin betrogen. Deswegen hängte er an seine Liebesschwüre immer eine dramatisch-melancholische Fußnote: Schön war die Zeit, aber vielleicht ist morgen alles aus.

Zwischen Mitleid und Selbstmitleid zog Jack immer mal wieder den Joker, den er schon nach der Verhaftung für den Mord an Margret Schäfer 1974 gespielt hatte: Suizid. Manchmal deutete er es nur an. Manchmal drohte er direkt damit.

Mir tut Bianca leid, wenn ich sie so am Telefon höre. Einige Monate zuvor war sie noch in Wien zur Schule gegangen. Jetzt musste sie nach einer abenteuerlichen Flucht in nächtlichen Telefongesprächen ihren als Serienkiller verdächtigten Freund vom Selbstmord abhalten.

Jacks Festnahme sorgte in Österreich für einen Medienrummel, wie es ihn lange nicht mehr gegeben hatte. Tag für Tag eine neue Schlagzeile. Ernst Geiger war nach Los Angeles geflogen, um die Ermittlungen mit den amerikanischen Behörden zu koordinieren. In Interviews erklärte er, was für einem spektakulären transatlantischen Serienkiller er auf der Spur war: Ein Serientäter mit so viel Opfern an so vielen unterschiedlichen Orten – in Wien, in Niederösterreich, in der Steiermark, in Vorarlberg und nun auch in Los Angeles. Das hatte es noch nie gegeben.

Nach der peinlichen Blamage von Jacks Flucht gab es endlich ein Erfolgserlebnis für die Wiener Kripo. Dass monatelang zwischen den USA und Österreich um Jacks Auslieferung gerungen wurde, kam Geiger und seinen Leuten sogar entgegen. Während Jack in seiner Zelle in Miami schmorte, konnten die Beamten in Wien und Graz weiter ermitteln, Gutachten einholen und mit den Kollegen in Prag und Los Angeles sprechen.

Jack spürte, dass Geiger jetzt sein mächtigster Feind war. Immer wieder schimpft er auf den Mitschnitten über den Wiener Chefermittler und freut sich über jeden Rückschlag, den der einstecken muss: „Geiger ärgert sich natürlich zu Tode."

Aber Jack ärgerte sich auch. Trotz seiner guten Kontakte zur österreichischen Presse konnte er nicht verhindern, dass auch die Polizei die Medien mit ihrer Version der Geschichte versorgte. Wieder und wieder klagt er am Telefon über die Ermittler. Wer hat die Medien angezündet? Wieder die Polizei! Mit ihren Aussagen in Los Angeles, wie sie da rübergekommen sind. Aber langsam gingen ihm nicht nur die Alibis, sondern auch die Argumente aus.

Schließlich musste er auch noch zugeben, doch mit Prostituierten Kontakt gehabt zu haben. Das hatte er nicht nur Bianca, sondern auch der Polizei gegenüber immer bestritten. Ein Frauenheld wie er mit seinem erfüllten Sexualleben, was soll der mit Prostituierten? Ich wäre ja kleinlaut gewesen, wenn ich meiner Freundin so ein Geständnis zu machen hätte. Aber Jack doch nicht. „Ich war bei zwei, die kann ich beschreiben, die eine ist eh bekannt in Graz", erzählte er Bianca, als handele es sich um Friseurbesuche. „Eine in Wien kann ich beschreiben, die ist schon älter, die ist 30 oder was, brünett." Wie immer, wenn er etwas nicht mehr abstreiten konnte, stellte er es als vollendete Tatsache hin und ging zum Gegenangriff über.

Herwig hat mir auch die Polizeiakte von 1974 über den Mord an Margret Schäfer dagelassen. Es war Jacks Exemplar, das er in seiner Wohnung aufbewahrt hatte. Jack hatte Bianca und Margit Haas telefonisch dorthin beordert, um aufzuräumen. Dass sie dabei auch diesen Ordner entdecken könnten, an diese Möglichkeit scheint er im Eifer des Gefechts gar nicht gedacht zu haben. In dieser Akte konnte Bianca einiges über ihren Freund Jack lesen, das er ihr so nie erzählt hatte.

Die Akte über den Mord an Margret Schäfer, sagt Herwig, sei gewissermaßen das erste und ehrlichste Werk des Jack Unterweger. Dort entdeckte Bianca auch die psychiatrischen Gutachten von 1975, sie las von der „erheblichen psychischen Abnormität“ und der „sexuellen Perversion mit sadistischer Komponente“, die damals bei Jack diagnostiziert worden waren. Dort stand, dass er Frauen gegenüber besonders aggressiv sei – einerseits gefühlskalt, andererseits anlehnungsbedürftig.

Bianca fand das einerseits aufschlussreich, aber sie konnte damit nichts anfangen. Die Person, die dort beschrieben wurde, war so anders als ihr Jack. Nur eins war ihr jetzt klar: „Es ist furchtbar, was der damals wirklich aufgeführt haben muss.“

Bianca war erschöpft. Von Unterweger, vom Medienrummel.

Sie gab österreichischen Zeitungen für viel Geld Exklusivinterviews, um sich dann vorhalten lassen zu müssen, wie sie wieder über ihn geredet habe. Die nächtlichen Anrufe und Jacks Kontrollwahn zehrten an ihr.

Und Jack? Wenn er nicht gerade über Polizei und Presse schimpfte, schien er das Ganze für einen großen Spaß zu halten. Als Bianca ihn einmal im Gefängnis in Miami besuchte, präsentierte er ihr ein Geschenk. Er zog aus dem Hosenschlitz seines orangefarbenen Häftlingsoveralls einen Faden hervor, an dessen Ende ein Büschel Haare verknotet waren. Bianca war angewidert. Sie nahm die Schamhaare, steckte sie in einen Briefumschlag und verbrannte sie später.

Am 28. Mai 1992 wurde Jack an Österreich ausgeliefert und in die Grazer Justizanstalt gebracht. Bianca suchte sich eine Arbeit als Putzhilfe. Das viele Geld, das sie mit den Interviews verdient hatte, lag auf einem Treuhandkonto der Mutter, bis Bianca 19 wurde. Trotzdem kümmerte sie sich weiter um Jack, während er auf seinen Prozess wartete.

Alle zwei Wochen pendelte sie von Wien nach Graz mit einer Reisetasche voll frischer Wäsche und 1000 Schilling Taschengeld für Jack. Bianca war treu, sie musste nicht nur den Medienrummel aushalten, sondern auch Jacks Allüren. Schließlich beendete ihre Mutter das Treiben und verbot Bianca weitere Besuche. Sie durfte ihn ein halbes Jahr nicht sehen.

Was Bianca erst später erfuhr: Jack lernte in dieser Zeit eine neue Frau kennen, die Mitleid mit dem prominenten Häftling hatte.

Astrid Wagner hatte gerade ihr Referendariat am Grazer Landesgericht beendet. Sie wohnte in der Nähe des Gefängnisses, und es schien ihr wie ein Wink des Schicksals, dass der berühmte „Häfenliterat“ auf einmal ihr Nachbar war. Als Studentin hatte sie „Fegefeuer“ gelesen und die Verfilmung gesehen. Sie kannte seine Geschichte.

Als sie in der Zeitung von seinem Selbstmordversuch las, schrieb sie ihm einen Brief: „Sehr geehrter Herr Unterweger, es haben Sie noch nicht alle verurteilt und ich bin eine Juristin und ich glaube eben nicht alles, was in den Medien steht.“

Jack war nichts lieber als Besuch in der Haft und Astrid zögerte nicht lange. Sie marschierte spontan ins Gefängnis und wunderte sich, dass sie anstandslos eine Besuchsgenehmigung bekam. Sie war nervös, denn ihr war klar, dass die

Beamten tuscheln würden: Eine junge Juristin, eine Frau Magister, besucht den mutmaßlichen Serienkiller – und sie ist nicht seine Anwältin.

Als sie ihm gegenübersaß, erkannte sie ihn kaum. Das war nicht der smarte Jack aus den Zeitschriftenbildern, der Dandy im Smoking, der Selbstdarsteller mit dem bohrenden Blick. Wie blass er war. Wie armselig. Er trug ein zerrissenes T-Shirt.

Sein zerlumptes Aussehen hielt Jack nicht davon ab, sich Astrid gegenüber von seiner besten Seite zu zeigen. Er begann sofort, mit ihr zu flirten und sie aufzuziehen. Bemerkte den kleinen Stier an ihrem Bettelarmband. Ja, Stierfrauen, die seien sehr rechthaberisch, gab sie zurück. Sie war fasziniert.

Mir kommt das bekannt vor. Auch bei meinen Besuchen damals nach seiner Lesung in der Justizanstalt Stein hatte Jack immer eine persönliche Bemerkung parat, einen flotten Spruch, mit dem er sein Gegenüber aus der Reserve locken konnte. Dann kam er sofort zum Punkt und gab mir Hausaufgaben auf, die ich zurück in Wien wie ein braver Schüler abarbeitete.

Auch bei Jack hinterließ Astrid Wagners Besuch einen bleibenden Eindruck. Noch zwei Jahre später, als der große Sensationsprozess endlich begann, erinnerte er sich an seine erste Begegnung mit ihr und war drauf und dran, sie zur Heldin seines nächsten Werks zu machen.

Freitag, 14. August 1992: Dann kam sie. Viertelstunde nur. Eine neue Welt. Strömungen durch Glas, Gitter, wir waren beide nervös, die Gründe waren verschieden, das Resultat wirkte. Seither kam sie 157-mal.

Astrid verließ ihren Freund, um sich ganz ihrem Häftling zu widmen. Die junge, intelligente Juristin verliebte sich in den

Frauenmörder. Zwei Jahre lang besuchte Astrid ihn zweimal die Woche, brachte frische Wäsche, munterte ihn auf. Sie schrieb ihm flammende Liebesbriefe und schwor ihm ewige Treue: „Wir werden weiterkämpfen, ich bin dazu bereit ... Ich liebe alles an Dir, Deine wunderschönen Augen, dieser Blick, deinen schön geschwungenen Mund, Deine wohlgeformten Hände, die geilen Tätowierungen, die kräftigen Hax'n, der süße kleine Arsch ...".

Wie früher in der Justizanstalt Stein erhielt Jack auch im Grazer Gefängnis wieder jede Menge solcher Fanpost: 14-Jährige schickten ihm bunte Sticker, Hausfrauen klagten über ihre Eheprobleme, eine attraktive Schauspielerin und mehrere Nonnen schrieben ihm.

Doch Astrid fühlte sich als Jacks First Lady. Die anderen konnten ihr nicht gefährlich werden. Sie tat alles, um ihn und seine Anwälte bei seiner Verteidigung zu unterstützen.

Ich habe Jack nach seiner Verhaftung nie wieder gesehen. Ich wollte das nicht. Es war besser, nichts zu unternehmen, was meine Zweifel an seiner Unschuld hätte erschüttern können. Von Besuchern hörte ich, dass Jack guter Dinge war. Je näher der Prozessbeginn rückte, je mehr Beweise die Polizei gegen ihn fand, desto selbstbewusster schien er zu werden. Er war nicht gebrochen wie viele andere Untersuchungshäftlinge, im Gegenteil.

Der Prozess gegen ihn würde eine Sensation werden, ein neuer Höhepunkt in seinem Drama – das schien Jack mehr zu gefallen, statt ihn zu verunsichern. Vorhang auf für den ersten transatlantischen Serienkiller, der in Europa und Amerika gemordet haben soll. Für Dramaturgie hatte unser Jack ein Gespür, das muss ich ihm trotz allem lassen.

Sein erster Verteidiger war der renommierte Wiener Anwalt Georg Zanger, der ihn schon seit seinem Entlassungsverfahren 1990 vertrat. Zanger war Medienanwalt und eigentlich nicht als Strafrechtler bekannt. Aber sein Mandant und er waren überzeugt, dass die Medien eine wichtige Rolle für den Ausgang des Verfahrens spielen würden.

Wenige Wochen vor Prozessbeginn engagierte Jack noch einen zweiten Anwalt, den besten Strafverteidiger von Graz: Hans Lehofer.

Der „Jahrhundertprozess", wie ihn die österreichischen Zeitungen nannten, begann am 20. April 1994. Der Besucherandrang war gewaltig, der große Gerichtssaal in Graz bis auf den letzten Platz besetzt. Nach den Eröffnungsplädoyers von Staatsanwaltschaft und Verteidigung hatte Jack seinen ersten großen Auftritt. Er enttäuschte die Erwartungen der Öffentlichkeit nicht und lieferte eine bühnenreife Show:

Meine Damen und Herren Geschworenen. Wir sind jetzt für die nächsten zwei Monate zusammen und ich möchte kein steriler Schauspieler sein. Ich möchte es mit Ihnen so haben wie im Kaffeehaus. Falls Sie Fragen haben, stellen Sie sie bitte, und ich werde Ihnen auf alles, wirklich alles, eine Antwort geben. Sehen Sie, ich habe den großen Vorteil, dass ich nichts zu verbergen habe, da ich nicht der Mörder bin. Wenn Sie mich bei einer Lüge erwischen, dann verurteilen Sie mich.

Die Ankläger haben über meine Abenteuer mit Frauen und minderjährigen Mädchen gesprochen. Doch von all meinen Intimkontakten, die ich nach meiner langen Inhaftierung gehabt habe, waren nur fünf unter zwanzig. Das durchschnittliche Alter war dreißig. Ich bin nicht so größenwahnsinnig zu sagen: Ich komme, ich schaue – und die Frau fällt. Ob ich ein Liebling der Frauen war, dieses Urteil würde ich eher den Frauen überlassen.

Die Ankläger werden viel von meiner Vergangenheit reden. Was soll ich zu meiner Vergangenheit sagen? Am Ende meines Prozesses 1976 habe ich zugegeben: Ich habe gelebt wie eine Ratte und ich bin zu Recht verurteilt. Und in der Tat für sechzehn Vergehen. Und dazu stehe ich. Aber – sollte man das nicht bei den alten Sachen lassen?

Es war ein brillanter Auftritt. Jack musste im Prozess vor allem ein Publikum von seiner Unschuld überzeugen: Die achtköpfige Jury, besetzt mit Bürgerinnen und Bürgern aus der Mitte der Gesellschaft. Keine Juristen.

In den nächsten Monaten betrat eine ganze Galerie ehemaliger Unterstützerinnen und Liebhaberinnen den Zeugenstand.

Die Staatsanwaltschaft präsentierte Beweise, die Jack selbst mit maximalem Charme nicht aus der Welt schaffen konnte: Da war eine rote Faser, die an der Leiche des Opfers Heidemarie Hammerer gefunden wurde und laut einem Schweizer Gutachter von Jacks rotem Schal stammen sollte. Oder die Aussage der Knotenexpertin Lynne Herold aus Amerika, wonach die Schlingen, mit denen der Mörder seine drei Opfer in L.A. erwürgt hatte, alle ähnlich seien. Es wurde eng für Jack und seine Verteidiger.

Und dann war da noch ein blondes Haar, das die Polizei auf dem Beifahrersitz von Jacks BMW gefunden hatte. Lehofer war sofort klar, wie schwierig es sein würde, diese Beweise zu entkräften.

Der ganze Prozess hing jetzt an diesem einen blonden Haar der Tschechin Blanka Bočkova. Und er ging in die österreichische Kriminalgeschichte ein. Auch deswegen, weil mit dem blonden Haar das erste Mal in Österreich eine DNA-Spur als Beweismittel verwendet wurde.

Der Psychiater Reinhard Haller erstellte für das Gericht ein psychologisches Gutachten über Jack. Sein Urteil fiel vernichtend aus: Jack Unterweger sei zurechnungsfähig, aber geistig abnorm. Er leide an einer tiefgreifenden narzisstischen Persönlichkeitsstörung mit sadistischen Handlungen. Jack sei wie ein einäugiger König, führte Haller aus, der sich nur dann als König fühlen könne, wenn er lauter Blinde um sich hat.

Ich wusste gar nicht, dass Gerichtspsychiater einen Hang zu Märchenfiguren haben. Bösartige Narzissten, führte Haller aus, entwickeln oft sexuelle Perversionen und sadistische Vorlieben. Solche Täter weiden sich lustvoll an der Todesangst ihrer Opfer. Außerdem haben sie oft eine kriminelle Vorgeschichte, weil sie schon früh begonnen haben, Grenzen zu überschreiten und Regeln nicht anzuerkennen. Das vierte Kriterium für den bösartigen Narzissmus sei die Paranoia: Der Täter sei krankhaft misstrauisch und versuche, seine Taten bis ins kleinste Detail zu planen, um der Entdeckung zu entgehen. Er suche sich Opfer ohne Bindung und Sicherheit. Menschen, die niemand vermisst, wenn sie mal ein paar Stunden oder eine Nacht verschwinden. Prostituierte sind die einfachsten Opfer.

All das traf auf Jack zu.

Als der Richter ihn fragte, ob er sich zu Hallers Gutachten äußern wolle, winkte Jack ab. Er sparte sich die Luft lieber für seinen letzten großen Auftritt. In seinem Schlussplädoyer lief unser „Häfenpoet“ Jack Unterweger noch einmal zu literarischer Hochform auf:

Da sitz ich jetzt und weiß nicht, was ich tun soll. Ich bin jetzt 31 Verhandlungstage da und werde durch die ganze Waschmaschine meiner Vergangenheit durchgedreht. Manchmal denke ich mir, bist du nicht selber der Volltrottel, der sich in diese Lage manövriert hat?

Es ist richtig, was Staatsanwalt Gasser über meine Vergangenheit gesagt hat. Ich bin natürlich öfter gezwungen worden zu lügen, aber ich hab doch nicht allen meine Vergangenheit auf die Nase binden können. Ich habe doch in der Öffentlichkeit gearbeitet. Was sollte ich anderes tun, ich wollte schreiben, Theater spielen.

Ich war nach der Entlassung aus Stein ein gierig fressendes Individuum voll Hunger nach Leben, dem es ein Glücks- und Siegergefühl bereitet hat, wenn Prominente an seinem Tisch Platz nehmen, wenn ich den Eindruck hatte, von unten nach oben zu kommen.

Ich bitte Sie, auch wenn Sie angewidert sind von dem moralischen Verhalten des Jack Unterweger und seiner Lebensweise, daran zu denken, ob das ausreicht zu sagen: Der hat in Freiheit nichts zu suchen. Ich hätte demutsvoller sein sollen, bescheidener. Ich bitte Sie wirklich, prüfen Sie in der Schuldfrage jene Argumente, jene Indizien, die hier vorliegen.

Nochmals: Ich rechne mit einem Freispruch. Denn ich bin nicht der Täter. Ihre Entscheidung betrifft nicht nur mich, sondern auch den Mörder draußen, der sich ins Fäustchen lacht.

Ich bin unschuldig. Danke.

Es war Jacks bester Text. Jedenfalls der beste, zu dem er mit eigenen Mitteln fähig war, wenn es um alles ging. Shakespeare für Strizzis. Ein dramatischer Monolog, der es an tragischem Pathos mit dem „Kaufmann von Venedig“ aufnehmen könnte: Seht mich an, bin ich nicht auch ein Mensch? Jack war der Hauptdarsteller, und wir waren die Komparsen.

Die Opfer? Auch wenn es mir um jedes Menschenleben leidtut, muss ich gestehen, dass sie für mich nicht darstellbar sind. Die Opfer haben keine Geschichte. Vorname, Nachname, Alter, Fundort, Todesursache. Davor nichts und danach erst recht nichts. Ich hatte erwartet, dass ein Berufszyniker wie Herwig ähnlich denkt, aber da hatte ich mich getäuscht. Es war das einzige Mal, dass ich so etwas wie

Emotionen bei ihm beobachtet habe, und dann ausgerechnet wegen dieser Prostituierten. Er wurde richtig wütend, als er meine Verwunderung bemerkte, und ereiferte sich über die „verfickte Einäugigkeit von euch feinen Literaten". Diese schutzlosen Frauen am Straßenrand, sie seien die wahren Außenseiterinnen, schimpfte Herwig. Nicht der von uns gefeierte Macho-Mörder mit seinen rührseligen Gedichten und der Tränennummer von der schlimmen Kindheit.

Ich denke nicht gern an die Opfer. Für mich bleiben sie namenlos. Ihr Mörder ist nicht der Mensch, den ich gekannt habe. Hat er sein Innerstes perfekt vor uns verborgen, getarnt unter seinem literarischen Deckmantel? Hätten wir ihn erkennen müssen? Als Jacks Roman „Fegefeuer" erschien, störte sich keiner von uns an den darin beschriebenen Gewaltfantasien, den Beschreibungen von Tier- und Menschenquälerei. Es klang ja wie ein Märchen, ein literarisches Motiv. Und musste es nicht so kommen, bei dem Großvater?

Herwig schüttelt den Kopf: „Verführung ist die wahre Gewalt." Im Übrigen sei er für mein Gewissen nicht zuständig, das müsse ich schon mit mir selbst ausmachen. Das sei ein Generationenprojekt für die österreichische Literaturszene. Er wolle sich nicht als Richter aufspielen, erklärt Herwig, vielleicht wäre auch er auf Jack reingefallen: „Aber dann wäre ich nicht verstummt, als es vorbei war, sondern hätte Rechenschaft abgelegt." Einige von uns hätten das doch getan, werfe ich ein. Sie haben nach Jacks Verhaftung Selbstanzeige erstattet in wortgewaltigen Zeitungskommentaren und Glossen, in denen sie noch einmal Revue passieren ließen, wie Jack sie um den kleinen Finger gewickelt hatte. „Ach was", winkt

Herwig ab. „Es geht mir nicht um den Pranger." Ihn interessiere viel mehr, ob das tief drinnen weiterarbeite in den Beteiligten.

Die Erinnerung sei ein schleichendes Gift, meint Herwig. Wenn du nicht aufpasst, bringt sie dich irgendwann um. Sie kann aber auch wie eine Arznei wirken. Nur eins stehe fest: „Die Zeit heilt keine Wunden."

Herwig hat Elfriede Jelinek angeschrieben. „Und sie hat sofort geantwortet!" Ob mich nicht interessiere, was sie heute zu sagen habe? Natürlich interessiert es mich. Aber ich tue ihm nicht den Gefallen, mir das anmerken zu lassen. Er wartet meine Antwort nicht ab und liest vor, was sie ihm geschrieben hat:

Also ich bin mir sicher, daß der Unterweger das Fegefeuer mit den bekannten Auswirkungen, ein sehr guter Text, den Kolleritsch in Fortsetzungen vollkommen zurecht abgedruckt hat und der in der Folge dann viele Schriftstellerinnern, auch mich, dazu bewogen hat, sich für ihn einzusetzen, nicht selbst geschrieben hat, beziehungsweise nicht allein.

Er wird ein Muster geliefert haben und jemand anderer hat es dann extrem stark redigiert oder neu geschrieben. Ich habe das einmal untersuchen wollen, denn seine späteren Arbeiten sind einfach furchtbar. Unbegabt, dumm und präpotent, nichts davon zu gebrauchen. Es kann einfach nicht derselbe Mensch sein, der Fegefeuer und die Sachen danach geschrieben hat. Das ist unmöglich.

Sie habe lange mit Alfred Kolleritsch telefoniert und ihn gefragt, ob er jemanden im Verdacht habe, der den Text für Unterweger geschrieben haben könnte. Der Fredi sei ganz naiv gewesen in dieser Sache und habe immer noch geglaubt, Unterweger habe das allein geschrieben. Aber Elfriede Jelinek habe so schnell nicht aufgegeben, erzählt Herwig. Sie habe sich sogar für viel Geld im antiquarischen Buchhandel ein altes Exemplar von Jacks Gefängnistagebuch besorgt, um es von einem forensischen Linguisten mit „Fegefeuer" vergleichen zu lassen.

„Ist leider nichts bei rausgekommen", sagt Herwig mit einem Achselzucken. Die Idee findet er trotzdem großartig. Schließlich sei die Software zur Erkennung von Plagiaten inzwischen sehr fortgeschritten. Das müsse man doch glatt noch einmal probieren: „Vielleicht kann künstliche Intelligenz da weiterhelfen, wo menschliche versagt hat." Den Seitenhieb konnte er mir nicht ersparen. Elfriede tut mir leid. Sie hat das alles nicht verdient, denn sie trat guten Glaubens für eine gute Sache ein. Soll sie sich dafür nach vierzig Jahren immer noch öffentlich beschimpfen lassen?

„Ich habe es satt, in den Foren immer als Komplizin eines Frauenmörders und Psychopathen bezeichnet zu werden", schrieb sie Herwig. „Deswegen war ich dann sehr motiviert. Aber jetzt müssen das andere übernehmen. Ich habe nicht die Kraft dafür."

Herwig ließ sich das natürlich nicht zweimal sagen. Er scannte Jacks Bücher ein und mailte sie einem Freund, einem Berliner Literaturprofessor und Experten für „Digital Humanities". Doch der konnte auch mit seiner geballten Rechenpower keine direkten Übernahmen nachweisen. Ich schöpfe wieder Hoffnung, als Herwig mir von dem negativen Ergebnis berichtet.

Seit Wochen habe ich meine Mansarde in der Himmelpfortgasse nicht mehr verlassen und kaum etwas gegessen. Herwig ist früher zurück nach Wien gekommen als erwartet. Er versorgt mich mit dem Nötigsten, damit ich Tag und

Nacht schreiben kann. Er stachelt meine Produktivität an, lobt meine Erkenntnisfortschritte. „Aufklärung ist doch Ihr Ding!" Gestern war er wieder hier. Er hat einen Stapel Briefe und ein paar Boxen Chinanudeln mitgebracht.

Mir dreht sich der Magen um bei dem Gedanken, dass Jacks Literatur nur eine Tarnung für ihn gewesen sein könnte. Wären dann nicht all die seine Komplizen, die ihm beim Schreiben, Veröffentlichen, Berühmtwerden geholfen haben?

„Gehen Sie zurück zu den Anfängen", hat mir Herwig geraten. „Wie hat er mit dem Schreiben begonnen? Wer hat ihm geholfen? Wer hat mitgeschrieben, redigiert, lektoriert?"

Zwei österreichische Journalisten haben ihm Jacks Briefe an Sonja von Eisenstein zugespielt. Ich könne mich gerne selbst davon überzeugen, auf welchem Mist das Meisterwerk von Unterweger in Wirklichkeit gewachsen sei.

Ich reagiere ungehalten, wenn man Druck auf mich ausübt. Mein Gewissen mache ich nur mit mir selbst aus. Aber nachdem ich nun schon viele Wochen an dem Unterweger-Untersuchungsbericht für Herwig geschrieben habe, gehen mir langsam die Widerstandskräfte aus. Ich kann nicht mehr. Ich habe in diesen Wochen mehr Akten gefressen als ein Minister in seiner ganzen Regierungszeit. Aber Herwig will mich weiter füttern, er will mir noch einen Nachtisch servieren, das letzte Corpus Delicti, ein echtes Gusto-Stückerl. Wie ein Ober im Sacher reicht er mir die Briefe und stachelt mich an. Für seine Ehr. Für meinen Ruhm!

Im Sommer 1978, lange bevor ich Jack kennenlernte, schreibt er an Sonja von Eisenstein. In jenem Sommer lag das Romanmanuskript von „Fegefeuer" schon beim Rowohlt Verlag in Hamburg und wurde geprüft. Das jedenfalls behauptet Jack in seinem Brief an Sonja von Eisenstein – und gibt dann zu: Ohne Sonja von Eisensteins Hilfe hätte er das nicht geschafft:

Halte mir ein wenig die Daumen, Sonja, denn es sind ja im Grunde Deine „Früchte". Wenn dann noch ein „Weg" existiert für weitere Entwicklung, so bin ich eigentlich der glücklichste Mann dieser Erde". Ironie oder Kismet: „durch Frauen fiel ich auf die Nase und hübsche Frauen heben mich wieder auf!" Danke, Sonja.

Das sei doch eine dreiste Verdrehung von Opfer und Täter, findet Herwig. Schließlich seien nicht die Frauen daran schuld, dass Jack „auf die Nase gefallen" ist, sondern nur er selbst. Was für mich noch schwerer wiegt, war Jacks Geständnis: Er hat den Roman, der ihn berühmt machen wird, gar nicht selbst geschrieben.

Herwig beobachtet mich wie ein Insekt, während ich die Briefe wieder und wieder überfliege, ungläubig, entsetzt, betroffen. Er will wissen, wie ich auf die Enthüllung reagiere, jede Regung in meinem Gesicht verfolgen. Er will den Moment auskosten, in dem die letzte Selbstlüge in meinem mühsam zusammengehaltenen Weltbild zusammenbricht. Als ich kein Wort hervorbringe, sagt Herwig: „Der Schriftsteller Jack Unterweger ist eine Erfindung von Sonja von Eisenstein."

Jetzt verstehe ich, warum sie sich noch während Jacks Haft in den Achtzigerjahren von ihm abgewandt und versucht hat, uns vor ihm zu warnen. Aber ich habe sie nicht ernst genommen. Im Literaturbetrieb war sie eine Außenseiterin, und wir waren die Gralshüter. Ihre Kassandrarufe taten wir als Eifersucht ab. Wenn wir sie überhaupt hörten. Jack war ihr Zauberlehrling.

Sein Verteidiger hat Jack im Prozess als einen Käfer beschrieben, der die Glaswand raufkriecht und nie das Ziel erreicht, sondern immer wieder auf den Rücken fällt, und alle lachen.

Wir haben nicht gelacht. Wir haben ihm applaudiert, diesem wunderbaren Käfer, der sich in einen Schriftsteller verwandelt hatte.

Ich muss gestehen, dass ich bis zuletzt auf einen Freispruch gehofft habe. Wenn Jack entlastet wurde, waren auch seine Texte unschuldig. Und wir: seine Mitleser.

Am 29. Juni 1994 war es so weit, an diesem Tag sollte das Geschworenengericht das Urteil verkünden. Die Beratung dauerte bis in den späten Abend. Dann kehrten die Geschworenen zurück. Während vor den Fenstern des Gerichtssaals ein Gewitter mit Blitzen und Donner über Graz aufzog, gab der Vorsitzende um kurz vor 21 Uhr das Urteil bekannt: Mit sechs zu zwei hatten die Geschworenen entschieden.

Sie sprachen Jack in neun Fällen des Mordes schuldig.

† Blanka Bočkova, 30 Jahre

† Brunhilde Masser, 39 Jahre

† Heidemarie Hammerer, 31 Jahre

† Sabine Moitzi, 25 Jahre

† Silvia Zagler, 24 Jahre

† Karin Eroglu, 25 Jahre

† Shannon Exley, 21 Jahre

† Irene Rodriguez, 33 Jahre

† Sherry Long, 27 Jahre

Für die Morde an Regina Prem in Wien und Elfriede Schrempf in Graz wurde Jack nicht verurteilt, obwohl die Anklage ihm nachweisen konnte, dass er zum Tatzeitpunkt in der Nähe gewesen war. Aber die Leichen der beiden Frauen waren schon zu verwest für die Sicherung verwertbarer Spuren. Jack wurde sofort abgeführt. Seine Anwälte erklärten, dass sie in Berufung gehen werden. In der gleichen Nacht erhängte er sich in seiner Zelle.

Jack hat uns die Geschichte erzählt, die wir hören wollten. Er hat gespürt, welche Wirkung Worte haben können. Denn Worte haben einen großen Vorteil, wie Jack in einem seiner Theaterstücke schrieb: Sie sind schwerer zu überwachen als Schläge.

Worte können mächtig sein, wirkungsvoller als ein Totschläger oder eine Stahlrute. Und Jack hatte kein Geheimnis daraus gemacht, in jenem Interview am Tag seiner Entlassung:

„Im Prinzip bin ich gefährlicher als vor der Haft, weil ich ja das Denken gelernt hab und das Wort als Waffe verwenden kann."

Ich hätte besser aufpassen müssen, auf die Sprache und auf den, der da spricht. Immer wieder habe ich in den vergangenen Wochen die Tonbandaufnahmen gehört, die Herwig mir hiergelassen hat. Telefongespräche, Interviews, Lesungen. Ich habe die Nächte mit Jacks körperloser Stimme verbracht. Und manchmal habe ich mich für einen kurzen Moment dabei erwischt, dass ich ihm doch glauben will.

Aber meine Spurensuche ist vorbei. Ich bin am Ende. Ich weiß nun, dass es den Schriftsteller Jack Unterweger nur in meiner Einbildung gab. Er hat ihn gespielt, und wir waren seine Statisten. Das Schreiben war für ihn die Tarnung, die ihm seine späteren Taten erst ermöglichte.

Und wir haben mitgeschrieben.

Nachwort

Ich habe mir die Entscheidung nicht leicht gemacht, diesen Text zu veröffentlichen. Mit seinem Verfasser verband mich lediglich eine Art Arbeitsbeziehung, die mehrere Monate andauerte. Diese bestand vor allem darin, dass ich ihn zum Schreiben ermutigte und mit den im Anhang aufgeführten Dokumenten versorgte, die ich im Laufe meiner eigenen Recherchen über den Fall Jack Unterweger zusammengetragen habe.

Da er seinen Schreibtisch zuletzt kaum noch verließ und wie besessen an seinem Manuskript arbeitete, belieferte ich ihn auch mit Lebensmitteln und besaß einen Schlüssel, mit dem ich mir Zugang zu seiner Dachgeschosswohnung verschaffen konnte.

Als ich am 4. Oktober 2023 dort vorbeischaute, traf ich ihn nicht mehr an. Auf dem Schreibtisch stand eine halbvolle Box mit Chinanudeln. Daneben lag ein aufgebrochener Glückskeks mit einem Zettel, auf dem stand: „Glückwunsch: Sie haben auf das richtige Pferd gesetzt."

Die mehr als 200 Blätter des Manuskriptes, an dem er über viele Monate geschrieben hatte, waren über den ganzen Fußboden verstreut. Ich habe mich bemüht, sie in die richtige Reihenfolge zu bringen, was durch die – möglicherweise emotional bedingte – Sprunghaftigkeit des Textes nicht immer einfach war.

Es ist ein zwiespältiger Text, der sich mal wie ein Kolportageroman liest und dann wieder wie eine Reportage. Die Sprache ist voller Klischees, aber hier und da erstaunlich präzise. Obwohl die meine eigene Person betreffenden Passagen wenig schmeichelhaft erscheinen, habe ich sie der

Wahrheit zuliebe unverändert belassen. Am Ende hat der Text fast manische Züge, was sicherlich dem außerordentlichen Kraftaufwand geschuldet ist, den er seinem Autor bei der Niederschrift abgenötigt zu haben scheint.

Drei Tage nach seinem Verschwinden wurde die Leiche des Verfassers dieser Aufzeichnungen an der Donaubiegung in der Nähe des Alberner Hafens im 11. Wiener Gemeindebezirk angeschwemmt – an jener Stelle, wo sich der alte Totenacker befindet, den die Wiener in ihrer morbiden Gefallsucht den „Friedhof der Namenlosen“ nennen, obwohl viele der Grabsteine die Namen der Toten verzeichnen.

Die Identität des Autors lasse ich bewusst im Dunkeln. Er wollte anonym bleiben, und diesen letzten Wunsch erfülle ich ihm gern.

Sein Name tut, wie er selbst schreibt, nichts zur Sache. Er steht für so viele.

M. H.

Festnahme 1974-Basel

JACK UNTERWEGER

StvA Stein 1983

geb. 16. 08. 1950 in: Judenburg/Steiermark
Anschrift: A-3500 Krems, StvA. Stein
1978: Schulabschluß
1979: Beginn der literarischen Arbeit.
Theater:
ENDSTATION ZUCHTHAUS, ein Tag in der Zelle.
(Ausgezeichnet mit einem Dramatikerstipendium 1982, des BMfU.)
TOD EINER TÜRKISCHEN LIEBE, ein Drama zur neuentflammten Ausländerfeindlichkeit. 1983.

Bücher:

1.) TOBENDES ICH, 1982, Lyrik aus dem Gefängnis, 104 Seiten, Bläschke Verlag, Feistritz 31, A-9143 St. Michael, ISBN 3-7053-1625-7.

2.) WORTE ALS BRÜCKE, 1983, 88 Seiten, Lyrik und Prosa, Mitautorin: Grete Wassertheurer, Bläschke Verlag, ISBN 3-7053-2015-7.

3.) FEGEFEUER oder DIE REISE INS ZUCHTHAUS, 1983, Roman, 250 Seiten, Maro Verlag, Riedingerstr. 24, D-8900 Augsburg 1, ISBN 3-87512-064-7.

Sonstige Publikationen: Kurzkrimis, Love-Stories, Kinderstücke für den Hörfunk, Erzählungen, Beiträge: Anthologien, Jahrbücher, Literaturzeitschriften.

EINLADUNG SOMMER 1983

Lesung am: .... 19 ...., um: .... Uhr.

in(m): ....

Lebenslauf und Werkverzeichnis aus der Hand des Autors, 1983

Quellen

S. 6 *„Als sie sich ausgezogen hatte, ...“* John Leake, Der Mann aus dem Fegefeuer, Residenz Verlag 2008

S. 8 *„Der in der Justizvollzugsanstalt Stein ...“* Petition an den Bundespräsidenten der Republik Österreich und den Bundesminister für Justiz 1982

S. 9 *„unkalkulierten Dringlichkeit, ...“* Gerhard Melzer, Ums Leben schreiben, Die Zeit, 26.4.1985

S. 11 *„Dann denke ich ...“* Karl Rottenschlager, Das Ende der Strafanstalt, Herold 1982

S. 11 *„Wir sind alle ...“* Aufnahme anstaltsinterner Radiosender, Interview vom 20.2.1983

S. 11 *„Ich warte auf mein Frühstück. ...“* Jack Unterweger, Tobendes Ich, Bläschke Verlag 1982

S. 12 *„Da drinnen sind jene Punkte“, ...“* Jack Unterweger, Rede bei der Lesung am 30.9.1983

S. 13 *„Der Schatten in dieser Schönheit ...“* Unterweger, Rede bei der Lesung am 30.9.1983, a. a. O.

S. 13 *„Deshalb möchte ich heute, ...“* Unterweger, Rede bei der Lesung am 30.9.1983, a. a. O.

S. 14 *„jeder tag jeder ...“* Jack Unterweger: Fegefeuer oder die Reise ins Zuchthaus. Autobiografischer Roman, Maro Verlag 1983

S. 15 *„Meine Freizeit ...“* Unterweger, Fegefeuer, a. a. O.

S. 15 *„den reinen materiellen ...“* Unterweger, Fegefeuer, a. a. O.

S. 16 *„Das sind keine Texte, ...“* Unterweger, Tobendes Ich, a. a. O.

S. 16 *„mit zehn die Mutter gefunden ...“* Jack Unterweger, Endstation Zuchthaus: Drama/Kerkerzeit: Prosaische Lyrik, Haag und Herchen 1984

S. 17 *„Knastbrüder sind wie Blätter ...“* Unterweger, Endstation Zuchthaus/Kerkerzeit, a. a. O.

S. 18 *„Ich kann Ihnen ...“* Jack Unterweger, Rede bei der Lesung am 30.9.1983, a. a. O.

S. 20 *„Worte waren ihm unbekannt. ...“* Unterweger, Endstation Zuchthaus/Kerkerzeit, a. a. O.

S. 20 *„Irgendwann einmal, ...“* Unterweger, Endstation Zuchthaus/Kerkerzeit, a. a. O.

S. 21 *„Er war ein Nichts, ...“* Interview Malte Herwig

S. 21 *„Er war bei den Gefangenen ...“* Interview Malte Herwig

S. 21 *„Da hat man ...“* Interview Malte Herwig

S. 22 *„Ausgeliefert. ...“* Unterweger, Tobendes Ich, a. a. O.

S. 23 *„Eine neue Packung ...“* Unterweger, Fegefeuer, a. a. O.

S. 23 *„Noch erscheinst du fremd ...“* Unterweger, Endstation Zuchthaus/Kerkerzeit, a. a. O.

S. 24 *„Mein Gepäck ist ...“* Live-Übertragung der Messe vom 1. Advent aus der Anstaltskirche Stein, 29.11.1981; Vortrag von zwei Gedichten „Hoffnung“ & „Es nimmt mich mit“, O-Ton Jack Unterweger

S. 27 *„Und das war irgendwo ...“* ORF Steiermark, Literatur-Magazin, Portrait Jack Unterweger, 22.8.1983

S. 27 *„ihm nahegelegt, ...“* Unterweger, Endstation Zuchthaus/Kerkerzeit, a.a. O.

S. 28 *„Wenn man es ...“* Interview Malte Herwig

S. 31 *„In meiner Tätigkeit“* Zit. in Gert Schmidt, Gerlinde Wambacher, Heinz Wernitznig, Wenn der Achter im Zenit steht. Causa Jack Unterweger. Die Dokumentation, Erfolg Zeitschriften Verlag 1993, S. 68

S. 31 *„Kannst ja gleich sagen, ...“* Brief von Jack Unterweger an Sonja von Eisenstein, 20.2.1979. Kopien der Briefe wurden dem Autor von den Journalisten Stefan Beig und Rudolf Preyer zur Nutzung im Podcast überlassen.

S. 32 *„Da ist noch das drinnen, ...“* ORF Steiermark, Literatur-Magazin, Portrait Jack Unterweger, 22.8.1983. „Da ist noch das drinnen, mit dem ich gekämpft hab, indem ich mich ... obwohl ich Täter war, mich selbst in eine Opferrolle hineingesteigert habe und sozusagen nicht nur im Gefängnis, sondern auch im eigenen Gefängnis drin war.“

S. 33 *„findet die Sprache, ...“* Klappentext zu Franz Innerhofer, Schöne Tage. Roman, Residenz Verlag 2011 [1974]

S. 33 *„Da hat dieser Unterweger ...“* ORF Steiermark, Literatur-Magazin, Portrait Jack Unterweger, 22.8.1983

S. 34 *„dieser Unterweger ...“* ORF Steiermark, Literatur-Magazin, Portrait Jack Unterweger, 22.8.1983

S. 36 *„Beim Abschreiben von ...“* ORF Mittagsjournal vom 1.12.1989

S. 37 *„Das ist nicht ernsthaft“, ...“* Zitat Peter Handke vom Mai 2021

S. 38 *„Im heutigen ...“* Steiermärkische Landesbibliothek, Manuskripte-Redaktionsarchiv, Brief an Kolleritsch, Oktober 1982.

S. 38 *„Warum ich unbedingt ...“* Steiermärkische Landesbibliothek, Manuskripte-Redaktionsarchiv, Brief an Kolleritsch, 2.7.1982

S. 38 *„Ich hörte bis heute ...“* Steiermärkische Landesbibliothek, Manuskripte-Redaktionsarchiv, Brief an Kolleritsch, 23.2.1983

S. 39 *„Der Braun ist immer ...“* Interview Malte Herwig

S. 39 *„Ich hätte ihm eigentlich ...“* Interview Malte Herwig

S. 40 *„Das war fast ...“* Interview Malte Herwig

S. 41 *„der schon mit Lyrik, ...“* ORF Kärnten, Literatur-Morgenwanderung, 20.11.1980; Lesung in der StVA Stein-Kultursaal-A, 7.8.1981

S. 41 *„seelischen Ortung, ...“* ORF Kärnten, Literatur-Morgenwanderung, 20.11.1980; Lesung in der StVA Stein-Kultursaal-A, 7.8.1981

S. 42 *„Wie liberal ist …"* Aufnahme anstaltsinterner Radiosender, Interview vom 20.2.1983

S. 42 *„Wenn einer eine Strafe hat, …"* Aufnahme anstaltsinterner Radiosender, Interview vom 20.2.1983

S. 42 *„Er hat sich hinausgeschrieben, …"* Interview Malte Herwig

S. 42 *„Wir waren an seinem …"* Interview Malte Herwig

S. 43 *„Das ist ein …"* ORF, Ö3 Musikbox zur Lesung am 30.9.83 in der Alte Schmiede, 17.6.1983, Zitat BM Harald Ofner

S. 43 *„Ich lebe im Abseits …"* Unterweger, Tobendes Ich, a. a. O.

S. 44 *„Nur bitte nichts …"* Steiermärkische Landesbibliothek, Manuskripte-Redaktionsarchiv, Brief an Kolleritsch 23.2.1983

S. 44 *„Ich höre bewusst …"* Steiermärkische Landesbibliothek, Manuskripte-Redaktionsarchiv, Brief an Kolleritsch 23.2.1983

S. 44 *„Im Arbeitsamt hatte man …"* Unterweger, Fegefeuer, a. a. O.

S. 46 *„Exhibitionistisch ist …"* ORF Steiermark, Literatur-Magazin, Portrait Jack Unterweger, 22.8.1983

S. 47 *„Vom Erzeuger …"* Unterweger, Fegefeuer, a. a. O.

S. 47 *„Die Stube …"* Unterweger, Fegefeuer, a. a. O.

S. 48 *„Meine Augen brannten …"* Unterweger, Fegefeuer, a. a. O.

S. 49 *„Er war ein lieber …"* Interview Malte Herwig

S. 50 *„Für mich war …"* Unterweger, Fegefeuer, a. a. O.

S. 51 „Schreiben war damals …" ORF Steiermark, Literatur-Magazin, Portrait Jack Unterweger, 22.8.1983

S. 51 *„Was Dein Buch …"* Privatbesitz, Brief vom 28.11.1983

S. 52 *„Da waren Namen …"* Privatbesitz

S. 52 *„Ich habe Dein Foto …"* Eigene Recherche

S. 53 *„Ich begleitete sie …"* Unterweger, Fegefeuer, a. a. O.

S. 53 *„Es handelt sich …"* Zit. in Schmidt/Wambacher/Wernitznig, Wenn der Achter im Zenit steht, a. a. O.

S. 53 *„mit Sicherheit …"* Schmidt/Wambacher/Wernitznig, Wenn der Achter im Zenit steht, a. a. O.

S. 54 *„Huemer: Das ist das, …"* ORF, Ö1, Sendereihe „Im Gespräch" (1989)

S. 55 *„ICH will ich bleiben …"* Unterweger, Tobendes Ich, a. a. O.

S. 56 *„Wehe, wenn …"* Lesung im Kultursaal Stein am 30.9.1983, Transkript A+B

S. 57 *„Ich stieg aus, …"* Jack Unterweger: Kerker oder im Namen der Republik. Drama, Wien, J&V Edition 1990

S. 58 *„Das ist ein …"* ORF, Interview in Ö3 Freizeichen, 23.5.1990

S. 58 *„Die Öffentlichkeit, diese …"* Interview Malte Herwig

S. 58 *„Man darf die …"* Interview Malte Herwig

S. 58 „Gelernt? …" ORF, Interview in Ö3 Freizeichen, 23.5.1990

S. 59 *„aber zeitweise ...“* „Ich habe wie eine Ratte gelebt!“ Das Prozess-Tagebuch von Jack Unterweger, hg. von Astrid Wagner, Seifert Verlag Wien 2019, Tagebucheintrag Jack Unterweger, 1.5.1990

S. 60 *„Es gibt keinen ...“* Leake, Fegefeuer, a. a. O.

S. 62 *„Du bist der ...“* Interview Malte Herwig

S. 62 *„Traust dich ...“* Interview Malte Herwig

S. 67 *„In Vorarlberg ...“* ORF, Ö1, Journal Panorama, 6.5.1991

S. 68 *„Seine eigene Tante ...“* ORF, Ö1, Journal Panorama, 6.5.1991

S. 68 *„Susanne: Na jetzt ...“* ORF, Ö1, Journal Panorama, 6.5.1991

S. 69 *„Sabine: Wenn man ...“* ORF, Ö1, Journal Panorama, 6.5.1991

S. 70 *„Das habe ich ...“* Interview Malte Herwig

S. 71 *„Gesichter, gezeichnet ...“* „Ich habe wie eine Ratte gelebt!“ Das Prozess-Tagebuch von Jack Unterweger, hg. von Astrid Wagner, Seifert Verlag Wien 2019

S. 72 *„Man verkapselt sich, ...“* ORF, Interview in Ö3 Freizeichen, 23.5.1990

S. 73 *„Es war irgendwo ...“* ORF Steiermark, Literatur-Magazin, Portrait Jack Unterweger, 22.8.1983

S. 74 *„Zwei Sachen hat ...“* ORF, Interview in Ö3 Freizeichen, 23.5.1990

S. 75 *„In Freiheit ...“* Privatbesitz, Brief vom 3.2.1985

S. 75 *„Tja und weil ...“* Privatbesitz, Brief vom 3.2.1985

S. 76 *„Und wenn die ...“* Unterweger, Tobendes Ich, a. a. O.

S. 77 *„Kennt ihr mein ...“* Songtext der Rock-Band Shekinnah

S. 77 *„Wer ist wirklich ...“* Songtext der Rock-Band Shekinnah

S. 78 *„flüchten in ...“* Unterweger, Tobendes Ich, a. a. O.

S. 79 *„Tu das weg ...“* Interview Malte Herwig

S. 85 *„Schwarze, Latinos ...“* ORF, Ö3 ZickZack, Los Angeles Reportage von Jack Unterweger 17.9.1991 (Transkript)

S. 85 *„Ich wurde von ...“* ORF, Ö3 ZickZack, Los Angeles Reportage von Jack Unterweger 17.9.1991 (Transkript)

S. 86 *„Tote in Parkanlagen ...“* ORF, Ö3 ZickZack, Los Angeles Reportage von Jack Unterweger 17.9.1991 (Transkript)

S. 87 *„Ich fuhr nach L.A., ...“* ORF, Ö3 ZickZack, Los Angeles Reportage von Jack Unterweger 17.9.1991 (Transkript)

S. 88 *„Der redet ...“* Interview Malte Herwig

S. 89 *„Der macht sich ...“* Interview Malte Herwig

S. 89 *„heißen Tip ...“* Kurier, 1.9.1991

S. 91 *„Er hat von sich ...“* Interview Malte Herwig

S. 91 *„Schock, Schock. ...“* Interview Malte Herwig

S. 92 *„Ich hätte mich ...“* Interview Malte Herwig

S. 92 *„Er hat mir ...“* Interview Malte Herwig

S. 92 *„Na ja, ...“* Interview Malte Herwig

S. 94 *„Ich hab eine ...“* Interview Malte Herwig

S. 95 *„Miami. Ohne Vice. ...“* Wagner (Hg.), Ratte, a. a. O.

S. 96 *„Das darf nicht ...“* Interview Malte Herwig

S. 96 *„Ich hab mich, ...“* Zit. in Leake, Fegefeuer, a. a. O.

S. 100 *„Und dann ...“* Privatbesitz, Mitschnitt Telefonat Jack Unterweger und Bianca

S. 100 *„Ich mein, ...“* Privatbesitz, Mitschnitt Telefonat Jack Unterweger und Bianca

S. 102 *„Geiger ärgert sich ...“* Privatbesitz, Mitschnitt Telefonat Jack Unterweger und Bianca

S. 102 *„Eine in Wien ...“* Privatbesitz, Mitschnitt Telefonat Jack Unterweger und Bianca

S. 103 *„Es ist furchtbar, ...“* Privatbesitz, Mitschnitt Telefonat Jack Unterweger und Bianca

S. 104 *„Sehr geehrter Herr ...“* Privatbesitz, Brief Astrid Wagner

S. 105 *„Freitag, 14. August ...“* Zit. in Astrid Wagner, Verblendet, Seifert Verlag Wien 2018

S. 106 *„Wir werden ...“* Zit. in Wagner, Verblendet, a. a. O.

S. 107 *„Meine Damen ...“* Zit. in Leake, Fegefeuer, a. a. O.

S. 109 *„Da sitz ich jetzt ...“* Zit. in Leake, Fegefeuer, a. a. O.

S. 112 *„Also ich bin mir ...“* E-Mail Elfriede Jelinek an Malte Herwig vom 1.8.23

S. 113 *„Ich habe es satt, ...“* E-Mail Elfriede Jelinek an Malte Herwig vom 1.8.23

S. 115 *„Halte mir ...“* Brief Sonja von Eisenstein, 12.6.1978. Kopien der Briefe wurden dem Autor von den Journalisten Stefan Beig und Rudolf Preyer überlassen.

S. 117 *„Im Prinzip ...“* ORF, Interview in Ö3 Freizeichen, 23.5.1990

Dank

Der Autor bedankt sich bei allen Beteiligten und Zeitzeug:innen sowie bei der Steiermärkischen Landesbibliothek, der Österreichischen Mediathek, dem ORF, dem österreichischen Bundesministerium für Justiz und der Anstaltsleitung der Justizvollzugsanstalt Stein für den Zugang zu O-Tonmaterial und Dokumenten. Der Verlag bedankt sich darüber hinaus bei allen Verlagen, aus deren Büchern zitiert wird, für die freundlichen Abdruckgenehmigungen.

Bildnachweis

Umschlag: Montage auf der Grundlage einer Fotografie von Nikolaus Similache, 1990, picturedesk.com

Vor- und Nachsatz: Jack Unterweger während seines Prozesses, 20.4.1994. Robert Newald, Contrast/picturedesk.com

S. 119: Privatbesitz

Chronologie

Jack Unterweger kommt am 16. August 1950 in Judenburg, Steiermark, zur Welt. Die Mutter Theresia ist Kellnerin, der Vater US-Soldat, der sich nie zu seinem Sohn bekennen sollte. Unterweger wächst im Wimitztal in Kärnten bei seinem Großvater auf. In seiner Jugend fällt er wegen Diebstahls, Einbruchs und Gewalttaten an Frauen auf.

1974 begeht er seinen ersten Mord, für den er 1976 zu lebenslanger Haft verurteilt wird. In der Strafvollzugsanstalt Stein in Krems holt er seinen Hauptschulabschluss nach, versucht sich an literarischen Texten. Mehrere Veröffentlichungen, darunter 1983 der autobiografische Roman „Fegefeuer oder die Reise ins Zuchthaus", Lesung in der Justizanstalt Stein.

1990 kommt der gefeierte „Häfenpoet" frei – auf Druck der Kulturszene. Unterweger gilt als rehabilitiert, wird von der Wiener Schickeria hofiert. Er erhält Angebote vom ORF, recherchiert als Journalist im Rotlichtmilieu, schreibt Theaterstücke und Romane.

Bald nach seiner Entlassung beginnt eine Mordserie an Prostituierten. Das Markenzeichen des Täters: Die Opfer werden mit ihren eigenen Kleidungsstücken stranguliert. Als sich der Verdacht gegen Unterweger erhärtet, gelingt ihm die Flucht in die USA. Festnahme am 27. Februar 1992. Der Strafprozess vor dem Grazer Geschworenengericht, der am 20. April 1994 beginnt, ist ein Medienereignis.

Am 29. Juni 1994 wird Jack Unterweger wegen neunfachen Mordes zu lebenslanger Haft verurteilt. In der Nacht nach dem Urteil erhängt er sich in seiner Zelle.

Liebe Leserin, lieber Leser,

wir freuen uns über Ihre Weiterempfehlung! Weil jede gute Geschichte davon lebt, weitergetragen zu werden.

/ StyriaBuchverlage

#austrianpsycho
#jack
#truecrime
#moldenverlag

Wollen Sie weitere Informationen zu unserem Programm? Möchten Sie mit dem Autor in Kontakt treten? Wir freuen uns auf Austausch und Anregung unter

leserstimme@styriabooks.at

Inspiration, Geschenkideen und gute Geschichten finden Sie auf

www.styriabooks.at

STYRIA
BUCHVERLAGE

Bücher aus der Verlagsgruppe Styria gibt es in jeder Buchhandlung und im Online-Shop
www.styriabooks.at
ISBN 978-3-222-15112-5

Projektleitung: Stefan Schlögl
Mitarbeit: Kate Reiserer
Umschlaggestaltung und Layout: Buero Blank – branding & design
Lektorat, Korrektorat: Teresa Profanter
Satz: Burghard List
Herstellungsleitung: Franz Schaffer
Druck und Bindung: Florjančič, Maribor
Printed in the EU
7 6 5 4 3 2 1